鬼古島剣太郎

ONIKOJIMA Kentaro

# 痛感!
# シニア川柳
# 100選

シニアを取り巻く世相の爺爺解説

文芸社

# はじめに

世界保健機関（ＷＨＯ）の定義では、六十五歳以上の人のことを「高齢者」、六十五～七十四歳までを「前期高齢者（駆出し高齢者）」、七十五歳以上を「後期高齢者（ベテラン高齢者）」と呼んでいる。

日本では「少子高齢化」が大きな社会問題となり、労働人口の減少、経済の停滞、医療福祉費用の膨張、国の借金の拡大等が問題視されている。しかし、元気なシニアは、まだまだ若いと思っていて他人事かもしれない。

最近は人生１００年とも言われているが、シニアに仲間入りした私にとって、人生も過ぎてしまえばアッという間……なのかもしれない。

# 人生は　はかないけれど　墓はある

高齢になると本当の「終の棲家」（＝お墓）が必要であるが、だんだんと需要が増えると逼迫するのでお墓の入居も早い者勝ちでもある。団塊の世代は常に過当競争であったが、あまり長生きしていると「終の棲家」がなくなってしまう。

最近はいろいろなお墓がある。マンション式、樹木葬、さらに海や自然への散骨も行われている。背景には、あの世でもつながりを求めたり、自然に帰ったり、少子化でお墓参りを期待できないとか、いろいろとあるようだ。

日本では如何に高齢者に元気で過ごしてもらうかが重要であり、さらに社会で活躍してもらうことも期待されている。そのためにはまず健康第一、後についてくるのが長寿である。健康であれば長生きできるし、医療介護の費用や労力の削減にもつながる。

高齢者は、昔は「年寄り」さらに丁寧に「お年寄り」と呼ばれ、役所用語では「前期・中期・後期高齢者」と呼ばれているようだ。もっと丁寧になると、「お年を召した方」とも言われるが、態度が悪いと内心では「年を食った奴」と思われる。「煮ても焼いても食えない奴」と言われても、年を食って長生きしているようだ。さらに最近は横文字が使われ、高齢者を「シニア」と呼んでいる。「シニア」というのは、年長者・上級生・上級者という意味と、高齢者（六十五歳以上）の二つの解釈があるようだ。前者は人生の上級者とも言える（中にはまだ初級者もいるが）。シルバーパスとか、シルバー人材センターとか、シルバー（いぶし銀もある）という言い方も多いが、決して「金ピカ」ではなく落ち着いた人間である。このシルバーの語源は昔の鉄道のシートの色から来ているらしい。

体力や気力の減退、記憶力の低下、あちこち痛い、というのは正常な加齢現象で、あまり深刻に考える必要はない。まずはできることをしっかりやろう。

これからは少子恒例化、少死恒例化、笑止恒例化と考えて笑い飛ばそう。笑いはストレス解消、免疫力アップ、ボケ防止、家庭円満、世の中平和（平和ボケもあるが）に役立つ。笑い方は微笑、苦笑、冷笑、失笑、作り笑い、高笑い、大笑い、馬鹿笑い、いろいろあるが何でも健康に良い。例えば、この笑い方はキノコを食べた時にも現れる。マツタケの場合は高笑い、シイタケの場合は苦笑い、ワライタケの場合は大笑いとなる。笑いシワは増えるが責任は持てない。まずは抱腹絶倒から、飽腹卒倒を目指そう！

さらにオリンピック（ＩＯＣ）、パラリンピック（ＩＰＣ）に、ピンピンコロリンピック（ＩＰＰＣ）が追加される……かもしれない。これからは記録の限界よりも、寿命の限界に挑むことになる！

高齢者もいろいろと忙しく、あれこれと老後のことを考える暇はない。老後のことは「あの世」でゆっくり考えよう。これからはデジタル化の波も押し寄せてくるが、達観した高齢者にはこの世のリアルもあの世のバーチャルも関係ない。

## デジタル化　あの世とこの世　シームレス

最近は葬儀やお墓もデジタル化している。葬儀はオンラインで遠方でも参列できるし、お経もデジタル配信である。香典もキャッシュレスの振込みができて、香典詐欺のセキュリティもしっかりしている。

お墓参りもオンライン化しており、遠方からの代理墓参りも可能である。お彼岸になるとご先祖様も年に一度の里帰りをするが、ナビゲータ機能もあって自宅誘導、お墓誘導もあって道が分からないという問題もない。尤も送っていった人が、そのまま一緒に住みついて帰ってこないと問題になるが……。

（付録）

総務省統計局が明日の「敬老の日」に合わせて発表した報告書「統計トピックス（No.126）統計からみた我が国の高齢者─「敬老の日」にちなんで─」によると、最新の統計値として日本の高齢者（六十五歳以上）数は三六一七万人（二〇二〇年九月）となった。これは総人口比の二八・七％にあたり、前年の三五八七万人（二八・四％）からさらに増加し、数・総人口比ともに過去最高の値を示している。女性の高齢者人口は二〇四四万人で、男性の一五七三万人より四七一万人も多い。七十歳以上人口は二七九一万人で総人口の二二・二％。日本の高齢者人口の割合は、欧米諸国などと比べてももっとも高い。日本の二八・七％に対し、第二位の比率のイタリアでも二三・三％、ポルトガルで二二・八％、フィンランドで二二・六％である。

シニア川柳100選　人生の爺爺解説◆目次

# 第一部

# 少子高齢化とは

総務省統計局「国勢調査」「人口推計」によると、少子高齢化の状況は以下のようである。

**【人口減少・少子高齢化】**総人口は、平成二十年（一億二八〇八万人）をピークに、二十三年（一億二七八三万人）以降は一貫して減少しています。年齢区分別の割合をみると、九年に六十五歳以上人口（一五・七％）が〇～十四歳人口（一五・三％）を上回り、三十年は六十五歳以上人口（二八・一％）が〇～十四歳人口（一二・二％）の二・三倍となっています。また、二十七年には七十五歳以上人口（一二・八％）が〇～十四歳人口（一二・五％）を上回りました。

**【十五～六十四歳人口が大幅に減少】**十五～六十四歳人口は、平成七年（八七二六万人）をピークに減少し、三十年（七五四五万人）はピーク時より一一八一万人少なくなっています。また、総人口に占める割合は四年（六九・八%）をピークに減少し、三十年は五九・七%と、六割を下回り、比較可能な昭和二十五年（一九五〇年）以降の間で最低となりました。

まずは少子化対策、併せて高齢化対策が重要となる。少子化は対策すれば子供が増えて解決へ向かうかもしれないが、高齢化は対策すればするほど長生きして加速してしまう。何もしないのが高齢化対策なのか？

高齢化により役所関係の性別記載欄の見直しが検討された。若者向けは、①男性　②女性　③どちらでもない、高齢者向けは、①元男性　②元女性　③不明、これは非難囂囂（ごうごう）で否決された。

また、人生100年にちなんで前期・後期高齢者以後の呼び方も審議された。八十五歳以上を終期、九十五歳以上を末期としたら、こちらも否決されてしまった。超高齢社会になると、こんなことが起るかもしれない。

人材不足の対策とは

# 人づくり　まずは子づくり　始めよう

日本は少子高齢化で人材やマンパワー（男女差別からはヒューマンパワーと言うのか）が不足している。

対策として、外国人の活用がグローバル化の視点から重要と言われている。しかし、外国人の活用のために様々な支援や優遇制度が必要であり、こちらの対応は遅れていて予算や制度設計の見直しが必要である。

国産品愛用の視点からは、高齢者（シルバーパワー）、女性（ウーマンパワー）の活用が重要と言われている。特に高齢者の活用、言い方を変えれば「中古品のリサイクル」と陰で言う人もいる。

人材不足対策の長期計画では、①子づくり支援、②子育て支援、③人材育成の順となる。

さらにまた引きこもっている人を社会に戻し、ニート、フリーターをスキルアップ支援して、再教育して活躍してもらう必要もある。今の日本で引きこもりや年金で悠々（遊遊）自適などの「ゆとり」はないとも言われている。

少子化に立ち向かう

# またできた　孫より若い　最後の子

歳をとってできた子供は、親の長い人生が詰まった人生経験豊富な子供ができるのではないか。将来は遺伝子工学、再生医療、不妊治療等で、画期的な、医学的な手法ができるようだが、まだまだリスクや懸念も多い。

最後の力を振り絞ってできた子は特にかわいいようだ。しかし、長生きしないと子供が成人した姿は見られない。授業参観日に行くとクラスメートから「お爺ちゃん（お婆ちゃん）が来ている」などと言われる。

特定の遺伝子、資質を持った子供を設計し（デザイナーベビー）、それを大量生産することを考える国、科学者もいるようだ。オリンピックの金メダリストやノーベル賞の大量獲得も夢ではなく、ドーピングどころの単純な話ではない。

まずは体力をつけるか……

# 年の功　亀の甲より　すっぽんだ

少子高齢化では、敬老の日に高齢者（百歳とか）を表彰する制度や慣習がある。むしろ少子化対策では、子供の日に多数の子供を生産した両親を表彰すべきではないか。双子なら銅メダル、三つ子なら銀メダル、それ以上は金メダルとか。さらに五人以上の子持ちには国民栄誉賞もいいかもしれない。

一方、いろいろな健康食品が出回っており、怪しげな、効果のない、リスクのある不健康商品も多く、それを安易に取り込む無自覚な人も少なくない。すぐに治る、あっという間に痩せる、みるみる元気になる等、殆ど詐欺に近いものもあるが、意外と自然食品には精神安定剤としては良い面もあり、健康上は馬鹿にならない。

相続での問題は……

# 相続で 突然増える 子供達

今までは三人兄弟なのに、相続手続きを始めると、あちこちから子供が湧いてくることがある。最近はＤＮＡ鑑定の精度も上がっていると聞いて、横浜ＤｅＮＡ（ベイスターズ）に依頼すれば解決するの？　と言う人もいるとかいないとか。

昔は決め手がなく、認知で揉めて大変だったようだ。顔が故人に似ていると騙されてはいけない。他人の空似もあるし、似ている人間を探してくるし演技もうまい。棺にすがって泣くのは初心者の演技レベルである。

相続で揉めるので財産はあまりない方が良い。むしろ借金の山であれば、皆で放棄するので問題は起きない。

良い子ばかりでは……

# 少子化に　悪ガキばかり　悪あがき

少子化対策で子供を増やしたいから、子づくりや子育てを支援する必要もある。贅沢を言えば、頭の良い子、素直な子、才能のある子がよいなど欲が出る。しかし、良い子が素晴らしい大人に成長し、さらに円熟した高齢者に成長するとは限らない。

今までは知能指数ＩＱの高い子が優秀で大事にされた。今は「心の知能指数」＝ＥＱが重要で「生きる力」も強いようだ。良い子だけでは逞しさもなく人生１００年は難しいからか？

その点、悪ガキは個性が強く、多少のいじめや逆境でもへこたれない。

他には、「オバＱ」という指数もあるが、これはお化けの世界の化け具合を表すもので、この世では標準規格となっていない。

顔は遺伝するのか

# よく似てる　他人の空似　気をつけろ

何故か出張が多いと子宝に恵まれる。特に単身赴任は要注意。長男は隣の旦那、次男は出入り業者に似ていると疑い出すときりがない。単身赴任で任期終了後に子供を連れて帰ったら大変。さらに家に帰った時にいつの間にか子供が増えていたら、もっと大変か。

顔が似ていると安心してはいけない。長男と次男が全く違うとさらに混乱する。大きくなったら、似ても似つかない孫ができたら……。

さて親が整形していると、生まれてくる子は元の顔であり、家族は全く違った風景になる。

少子化で施設をリフォーム

# 託児所は バリア設けて 託爺所に

託婆所はどうであろう。しかしババは元気で需要が少ないか。昔は「姥捨て山」という制度（?）があったらしい。男女差別は良くないということで、「爺捨て山」の制度も作ろうとしたらしいが、やはり需要が少なく実現していない。

婆さんは仲間や話し相手も多く、話し出すと何か口に入れないと止まらない人もいるようだ。一方、爺さんの中には孤独で友達も少ない人もいるが、過去にこだわる人には「過去捨て山」も必要かもしれない。

最近は介護なしで自立できるように、敢えてバリア付きの施設ができている。部屋毎に段差を設け、ドアや戸は重くし、スイッチは高い所につけ、エレベータはつけない。躓きやすいようにして、「七転び八起」で足腰、バランス感覚を鍛える。毎日が障害物競争で退屈、安心することがない。

## 託児所が足りない

# 託児所を 待っているうちに 成人式

少子化であるが子供を預けて働くための託児所が不足しているようだ。そのため入所を長い間待たされることもある。長年待たされて漸く順番が来たら、子供は成人式ということもある。

さらに待ち続けて孫が大きくなる時には、今度は自分が高齢施設に入る歳になってしまう。

最近は在宅勤務が増えているが、在宅ワークでは子供を託児所に預けなくても仕事ができるメリットがある。逆に子供と一緒だと仕事にならないことも多い。そのため、仕事をやめて託児所を開く人も出てきた。中には自分の子供をよそに預けて、自宅で託児所をやっている人もいるようだ。

家事や育児、高齢者の介護などと仕事の両立は難しい面も多い。在宅ワークの場合は高齢者の面倒を見てもらう仕組み、子供と一緒に預けられる施設も必要かもしれない。

暫くぶりの同窓会で……

# 同窓会 年月を経て 敬老会

久しぶりに同窓会を開くと、変わらない人、大きく変わった人、変わり果てた人と様々である。時には先生の方が若々しいこともあり、びっくりすることもある。同窓会が続くには、まめな幹事と出席してくれる長生きの仲間が必要である。中にはどうしても誰だか分からない人がいて、よく聞いたら「部屋を間違えていた」ということもある。宴会でもよくある話で、酔ってくると部屋を間違えるが、意外と話が合って新しい友人ができることもある。

年月を経て、だんだん出席者が減ってくるのは寂しいものであるが、子供の代理出席という形態もあって、昔の仲間の面影を目にすることになる。そうなると、子供、孫と同窓会が延々と続くことになる。

# 第二部

# 人生の変遷とは

総務省統計局が「敬老の日」に合わせて発表した報告書「統計トピックス（No.126）統計からみた我が国の高齢者─「敬老の日」にちなんで─」によると、高齢者の就業状況は以下のようで就業率は増加の傾向である。

二〇一九年の高齢者の就業者（以下「高齢就業者」という。）数は、二〇〇四年以降、十六年連続で前年に比べ増加し、八九二万人と過去最多となっている。

高齢就業者数の対前年増減をみると、「団塊の世代」の高齢化などを背景に増加している。

二〇一九年の高齢者の就業率を年齢階級別にみると、二〇一九年は六十五～六十九歳で四八・四％、七十歳以上で一七・二％となり、年齢が高くなるとともに就業率は低くなっている。

また、男女別にみると、男性が三四・一％、女性が一七・八％と、いずれも八年連続で前年に比べ上昇している。六十五～六十九歳の就業率をみると、二〇一四年に男性は五〇％、女性は三〇％を超え、その後も一貫して上昇している。

長い人生には紆余曲折があるが、時間の経つのは速い。未熟な若い時はいつの間にか過ぎて、成熟、完熟、熟成した立派な高齢者になるというのは、ウィスキーではあるまいに本当か？引退したら、長年培った知識やノウハウ、スキル等を改めて社会に還元する、若者をサポートすることも考えられる。

しかし、お役に立てるか、受け入れられるかは自分次第でもある。あまり自分が目立ったり、しゃしゃり出ることとは避けたい。働くことにより健康と収入が得られれば良いし、医療介護や社会保障費の節約にもなる。年金貰って悠々自適というのは過去の話で、これから年金は社会貢献の対価として貰うものになるのかもしれない。

人生１００年とは

## 年老いて 老後のことが 心配だ

政府が「人生１００年」とぶちあげ、マスコミが煽りたてる。さらに金融関係が高齢者向けの金融商品やローンを売りつけてくる。そもそも百歳まで何人が生きていられるのか分からない。介護なしでしっかりしている人はさらに少ないだろう。長生きしているとは「長く息している」とは違い、長く「活き活き」（している）となりたい。

人生百歳ローン、百歳まで使える生命保険、百歳まで仕事を斡旋する職安もできるかもしれない。百歳まで沢山の人が長生きしたら、年金は破綻、国の介護福祉財政も破綻ということで、定年を八十五歳、年金支給を九十歳から、というような法律ができるかもしれない。年金を貰うまで、どう生き延びるかが、最も重要なテーマである。

医学的には……

## 高年期　年季を積んで　更年期

更年期は女性特有と思われていたが、最近の医学では男性にもあると分かった。更年期の強弱は人の遺伝子やライフスタイルにも影響されるようだ。男性も体力が落ちた、体調が悪いといった時は、年齢のせいにしないで、更年期外来を訪ねてみるのも良い。

「不貞愁訴」は問題であるが、「不定愁訴（ふていしゅうそ）」はつらいし、医者もなかなか本気で対応してくれない場合もある。我慢や無理はほどほどにして、仕事の不調や家庭内不和とか、更年期を言い訳にできるかもしれない。呑みすぎたら肝臓が更年期、忘れたら頭が更年期、悪口を言ったら声帯が更年期、言うことを聞かない時は耳が更年期、態度が悪かったら性格が更年期とか……。尤も言い訳して良い訳がないが。

いつまで働くのか……

## 定年は どんどん延びて 停年に

二〇二一年四月から「改正高年齢者雇用安定法」(通称七十歳定年法) が施行される予定だ。これによると、

①七十歳までの定年引上げ
②七十歳までの継続雇用制度の導入
③定年廃止等の努力義務

等が課せられる。

生涯現役、仕事をするのが一番とか言われるが、悠々自適は肩身が狭くなるのか、憧れの的になるのか分からない。

人生100年となると七十歳定年では先が長い。いずれ八十~九十歳定年になるだろうが、それまで誰が生き残るのか分からない。まさしく、「退職金&年金

獲得サバイバルゲーム」の様相を呈してくる。

定年制が廃止された場合、自分で引退を決めるか、引退勧告を受けるか、再契約にするか、様々な業務形態がある。これからは早めの「定年制」を設けた企業の方が安心で、逆に就職先として人気が出るかもしれない。

人格にも品があるとは……

# 新品は 中古品から 不用品へ

人間は歳を重ね人格が磨かれていくという人もいる。若いうちは新人、新入生として期待されるが、努力、切磋琢磨、精進しないと進歩せず、中年で中古品、高齢で不用品となってしまう恐れもある。不用品にならないように、リサイクルして生まれ変わる手もある。

環境対策から、製品の再利用には3R（リデュース、リユース、リサイクル）が重要と言われている。人間の場合ではリデュースは難しいが、スキルや知識はリユースでき、再雇用も人材のリユースになる。新たな学びや再生医療の進歩によってリサイクルも可能になるかもしれない。

そのため、社会ニーズに合った新たな知識やスキルの習得が必要で、その支援制度や高齢者自身のやる気や意欲も重要である。また高齢者が働きやすい、職場環境や仕事も必要である。

一方で、高齢者の活用という名目で、充分働いて貢献した高齢者をこき使うのか、死ぬまで働くのか、と言った声もある。

優れモノ、切れモノとは

# よく切れた人は短気に よくキレる

若い時は頭が切れて人格も高邁で周囲に尊敬される人であった。歳をとると皆短気になる傾向があり、時にキレて周囲と揉めたり犯罪につながったりする。これは前頭葉が退化して、感情を抑制することができなくなることが原因らしい。切れた頭も記憶が切れ切れになり、さらに短気になると人の話を聞かなくなることも出てくる。こうなると些細なことにキレてクレーマーになったりする。間違っても『クレーマークレーマー』の主人公になってはいけない。

尤も抑制が効かないということは、もともと持っている優れた素質かもしれない。アグレッシブな人、とがった人材も求められている。また歳をとったらキレた振りをするのも役立つかもしれない。やがて、振りをしたのか本当にキレたのかは本人も定かではなくなる。

人脈が豊富だったが……

# 広い顔　自己中になり　デカイ顔

優秀な人はいろいろな所に出入りして、多様な人脈を築き、幅広く仕事をこなしていた。これを「顔が広い」と言って、政治やビジネスの世界では有力な武器でもあった。

また「心が広い人」も尊敬される。ところが歳をとるとだんだんと傲慢になり、慢心して、相手のことを考えずに自己中心になる。

その結果、「デカイ顔」になって皆に嫌われることになる。決して顔のサイズが広くなったり大きくなったりするわけではない。ただ、たるんだり、皺が増えると、なんとなく顔の面積が増えることはある。そのうちに態度もデカクなり、顔とバランスがとれるようになると、心の広い大きな人物として尊敬される。

人生は紆余曲折

## へそ曲がり　根性が曲がり　腰曲がる

若い時は粋がったり反抗をする、へそ曲がりも少なくない。へそ曲がりもどんどん進化すると、一周して元の場所に収まるので何周したかによりレベルが異なる。中年になると上司にいじめられ、若手に突き上げられ、組織に閉じ込められて、サラリーマン根性が曲がってくる人もいる。そして、歳をとると腰が曲がって「腰の低い人」に成長する。

何事もまっすぐではあちこちと衝突することになる。蛇のようにくねくねと曲がる柔軟な姿勢、臨機応変な生き方も必要だ。気に入らない時はとぐろを巻いていればいい。右に巻いたら「イエス」、左に巻いたら「ノー」という意思表示もできる。それでも、多くの人は最後には「まっすぐな良い人」だったと言われるようになる。

結婚はスタートか

# ウエディング 年月を経て エンディング

結婚は人生の墓場とも言われていたが、人によっては地獄と言う人もいる。結婚記念日は年によって呼び方がある。あっという間の紙婚式（一年）、隙間風の吹き出す木婚式（五年）、諦めの錫婚式（十年）、諦観の水晶婚式（十五年）、達観の磁器婚式（二十年）、やっと悟りの銀婚式（二十五年）、金婚式（五十年）。オリンピックのメダルより大変だ。

さらにダイヤモンド婚式（六十年）、プラチナ婚式（七十五年）と続くが、人生１００年となると、さらに何か考えないといけない。人生１００年で再婚したら、三種目で金（五十年）、銀（二十五年）、銅（七年）を取れるかもしれない。

生涯現役とは

# 就活は　定年迎え　終活へ

人生100年ともなると、生涯現役として仕事を続けるという選択肢もある。

学生の時はまず「就活」であるが、昨今のコロナ禍では「就職氷河期」より厳しい状況とも言われている。特に二〇二〇年に就職した新人は、まだ職場に行ったことがない、会社の仲間にあったことがない、という新入社員も多いらしい。結局、出社したのは入社式と定年退職日だけとなってしまうのでは。

最近は転職や副業が盛んになり「就活」の機会も増えているが、中には入社早々に次の「就活」を始める社員もいるようだ。そのうち転職や副業先で、嫌な上司に再会することもあり得る。

そして最後の「就活」は最近流行の「終活」になる。生きているうちに生前葬儀をしたり、お墓を探して一緒に入る人を募ったりと、生きているとやたら忙しい。

人生は経験、勉強

# 墓穴掘り 経験積んで 墓穴入り

若い時は経験不足、勉強不足で、恥をかいたり仕事で失敗したりとか、墓穴を掘ることとも少なくない。いろいろな人生経験をすることで、成長して立派な社会人、一人前の人間になる。そして歳をとるといずれお墓に入ることになる。

同じような意味で「自業自得」があるが、本当の意味は「自分の行いの報いを自分が受けること」である。そのまま読んで、自分のワザで自分が得すると「副業」のことかと考える人もいるようだ。

同様に「身から出た錆」もあるが、歳をとると劣化していろいろ錆が出てくると解釈する人もいるようだ。さらに注意力が散漫になると誤りも増えて、ひたすら「詫びと錆び」の境地になって成熟した人になる。

挨拶が難しい

## 生前葬　葬儀が終わり　生き返る

最近は生前葬なるものが流行しているらしい。生前葬儀では、誰が来たか、香典はいくらかとか、揉めて「争議」にならないか心配もある。生前葬儀の後ですごく長生きしたらどうするのか、生前葬儀を何回もやるのか、そのたびに香典を貰うのは詐欺ではないか。

本人が聞いているのに褒めるのも癪だが、無理に持ち上げるのは嫌味でもある。しかし弔問の挨拶では、「惜しくない人を亡くした」「生前で多少残念ですが」とは、本心でもなかなか言えない。

こうなると生前葬の案内が来たら、まずわざと本人の生死を確かめ、今後の予定（今後の生きる予定）を聞いてから出欠を決める必要がある。生前葬では招待客に出席の御礼を弾む必要が出てくるかも。

若いとついやってしまう

# 若毛なく 若気の至り 今いずこ

若いうちは血気盛んで、羽目を外す、暴走する。ついやりすぎたり、失敗したりする。いい歳をして血気盛んな中高年も同じように失敗をしてしまうことも少なくない。

しかし、若いうちは謝って大目に見てもらえることもある。中高年になると、「いい歳をして何やってんだ」と怒られ、馬鹿にされ、謝っても済まないことがある。もっと歳をとってシニアになると、若毛は白髪になったり、雲散霧消して昔の面影がなくなる。こうなると、失敗しても「若々しくていいですね」とか、「ぼけたので仕方ない」とか、情状酌量となることがある。自分でも「歳のせい」を言い訳にごまかすようになる（実際はかなり馬鹿にされていることも多いが）。

席は譲り合い

# 歳を言い　シルバーシート　譲り合い

いつの時代からか、電車やバスにシルバーシートができて、高齢者等が優先的に座れるようになった。実際は若者が居座って席を譲らず、高齢者が必死に足腰を鍛えている場面も見受けられる（自立を促す若者の親切心かもしれない）。席を譲らない若者には、高齢を前面に出してプレッシャーを掛けるが、これは「強請り合い」と言われる。

だんだんと高齢者が増えてくると、シルバーシートの取り合いになる。そこで高齢者同士が歳を申告し、勝った方が優先的に座れる制度を作る。これは「歳対抗」と呼ばれ、中にはごまかす人もいるのでマイナンバーカードが必携となる。これからは少子高齢化のため、新たにヤングシートを一部に設けることで検討が進んでいる。……こんな未来が近いかも？

## 歳には勝てない

# 歳並みに 寄る年波に 寄り切られ

老化や劣化は誰にもやってくるが、そのスピードと影響は人によって異なる。どんなに頑張っても必ずいつかは寄り切られ、無理すると寄り倒されて怪我をする。決して、打っちゃりとか突き落としによる逆転勝利はない。

中にはアンチエイジングと称して、必死にひたむきに抵抗する人（たいていはまだ可能性を信じている女性が多いのか？）もいるが、しょせん勝ち目のない無駄な努力かもしれない。エイジングの一般的な意味は「経時」らしいが、人の場合は老化であり、自然の摂理に逆らうことはできない。老化は受け入れてうまく付き合っていくのが良いらしい。無理な若作りは見ていても痛々しいし滑稽でもある。精神的に成熟して歳相応のふるまいが大人であるとも言われている。尤も、再生医療が進化すると、アンチエイジングの考え方が変わるかもしれない。

親の長生きはうれしいが……

# いつまでも　あると思えば　親ばかり

「いつまでもあると思うな親と金」という言葉がある。親孝行したい時には、親が亡くなっていてできないので、達者なうちにきちんとしておこう。お金を大事に使い困らないようにしよう、というような意味だそうだ。

今は長期ローンがあったり、老後の資金不足を脅かされたりして、お金の心配は高齢になってもしないといけない。一方、親は元気で長生きしているので、いつまでも親孝行ができる場合が少なくない。特に人生100年ともなると、子供より元気な親も出てきて、子供の老後の世話をすることになるが、これは新たな老老介護になるようだ。

歳をとると睡眠浅く……

# 不眠症　いずれ治るさ　永眠に

多くの日本人が睡眠の悩みを持っている。不眠症のタイプとして大きく分けると、寝つきが悪い「入眠障害」、熟睡できない「熟眠障害」、途中で何度も目が覚める「中途覚醒」、朝早く目が覚める「早朝覚醒」の四タイプがあるらしい。

不眠は加齢とともに増える傾向がある。この原因として日中の活動量の低下が影響しているらしい。さらに生活習慣病や様々な基礎疾患を合併することも不眠につながると言われている。

特に高齢になると朝早く目覚めて睡眠時間も減少する。逆に考えると、使える時間が増えるので頭と体を使うことで、老化を防止し、よく眠れるようになる。不眠症は心配すると悪循環である。いやでもいずれゆっくり眠れるから悩むことはないそうだ。

# 第三部

# 美容もライフワークか

歳をとると誰でも体力、気力は衰えるが、歳相応の落ち着いた外観になっていくものだ。

そうは言っても、人間誰しもいつまでも若くいたい、見られたい、と思うのも自然である。特に女性の場合は「美魔女」とか「熟女」とか、テレビや週刊誌がはやし立て、本人も必死に命がけでアンチエイジングに励む人もいる。

男性では「美魔男」が単なる「間男」になるのが精一杯である。そして極端な食生活やダイエット、過激なトレーニングに励むことになる。しかし、極端なダイエットは栄養不良で脳も筋肉も老化して安置を早めることになる。また骨密度を下げることもあり、「愚の骨頂」でもある。

やはり年齢に合った無理のないトレーニングや美容に徹することだ。整形も進歩しているので、一時的に若返って逆に娘が母親のように見えることも……。しかし、いつかは限界が来るので一気に弊害が出てくることもある。

歳をとると化粧が難しい

# 厚化粧　三日も経てば　薄化粧

老いを隠し、若作りのために、ついつい厚化粧になってしまう。でも厚化粧はなかなか難しく、剥がれないよう厚く塗るには熟練の技がいる。若いうちはスキル不足であるが、だんだんとコツを掴んで、下塗り、中塗り、恥の上塗りと重ねていける。

尤も高齢になると疲れて毎日するわけにはいかないので、三日も経てば歳相応の薄化粧になる。そのうち、いつ化粧したのか、化粧しているのか、どれが素顔なのか、さっぱり分からなくなる。

鏡を見て自分の顔の変化に驚いたり、顔の映りが悪いとか鏡のせいにする。そのうち映っているのが誰だか分からず、鏡に向かって「あなたはどなたですか?」とか鏡の国のシンデレラのような会話も弾む。

美容か治療か……

# 美容院 無駄と悟って 病院へ

若いうちはカット、セット、美容のためと、せっせと美容院に通っている。そして中高年になると、白髪染め、シワやシミの隠しとメニューは増えるが、まだ可能性や効果が見られるので相変わらず通うこととなる。さらに隠しでダメなら整形する手もある。

そのうち、だんだんと効果が減るにつれて美容の意欲が低下してくる。費用も嵩んでくるので悩むが、人間的に成熟して諦めから諦観、達観の境地になって、現実を客観的に受け入れるようになる。もっと切実な不調、痛み、劣化の方を認識して、そちらへ時間と費用をかけることにして、「美容院」より「病院」へ行くのを優先することになる。

しかし、少し体調が良くなると美容院に戻ったりするが、次第に安定した病院通いが主となり、時々美容院へ行くライフスタイルが定着すると立派な高齢者となる。

外観か健康か……

## 整形も　美容諦め　整形外科

最近は美容整形技術・医療が進歩して、安全に痛みなく簡単に美容整形ができるようになっている。また、簡単で部分的なプチ整形も盛んである。

いつも会っている人は少しずつ変化していけば分からないが、久しぶりに会う人なら「あんた誰だっけ」というくらいに変身してしまうことがある。上手に美容整形すると本人の代わりに娘が来たのでは、と思われるくらい若返ることもあるようだ。こうなると年齢詐称も年齢不詳も自由であるが、ＡＩが進化すると年齢の誤魔化しも難しくなる。

しかし、医療が進歩して上手に整形しても、子供が生まれると「ばれる」ことがある。また、誰の子かと疑われることもあるので要注意だ。将来さらに医学が進歩すると、整形を遺伝させる技術、胎内の子供を同様に整形する技術ができるかもしれない。この場合は「親子整形割引セット」がお得である。

マスク美人とは

# マスク増え　美人増えたと　錯覚す

昨今のコロナ禍では皆がマスクをつけるので、街には美人が増えた錯覚に陥る。また皺も隠れるので若返ったとも勘違いする。こうなるとテレワークでもマスクは外せない。コロナが収まってもファッションとして定着するのでは。そのうち目だけ開けたマスクも登場しよう。

一方で、美容整形は売り上げが半減して（顔の半分しかニーズがないから）経営を圧迫しているようだ。しかし、感染防止を徹底するには、マスクが顔にフィットするように低い鼻は高くすることも必要か。

マスクが定着すると、マスク着用が制服の「強盗」や「窃盗業」は安心して仕事に励めるようになるだろう。しかし、最新の顔認証システムはマスクをつけても年齢を判別でき、指名手配も見分けるので注意が必要だ。

また、最近は食事ができる便利なマスクも登場しているようだ。

お肌の曲がり角とは

# 柔肌は 曲がり切れずに サメ肌に

肌の老化を感じることを「お肌の曲がり角」と言うそうだ。人によって差はあるが、二十歳過ぎ頃をきれいな肌のピークとすると、曲がり角は何回かあるとも言われている。このような殺し文句を言って、化粧品会社はいろいろな商品を売りつける。

この曲がり角は人によって、緩いカーブだったりヘアピンカーブだったりする。このカーブを必死になって曲がると、後は長い長い下りの直線コースになるようだ。人生100年ともなると、この最後の下りの直線がやたら長いので大変である。

最後の直線では「お肌の曲がり」は関係なくなり、心配は「口が曲がる」「根性が曲がる」「腰が曲がる」くらいである。最近は写真も捏造、画像は修正が可能で、さらに美容整形すると素顔は全く誰にも分からない。そのうち自分も素顔の記憶がなくなり、どれが本当の自分かは全く分からなくなる。

モナリザの微笑みとは

# 厚化粧　笑うたびに　皺増える

化粧品の使用量は、数式で表せば顔の面積×厚さになる。面積は当然ながら皺の分だけ増加し、厚みは厚化粧分増える。しかし、三日保たせれば使用量は1／3になる。

厚く塗った時に大笑いすると土台である顔が変形し、それが伝播してひずみが生じ、厚化粧の表面に皺が増幅されて目立ち、あちこちと剥げ落ちて悲惨なことになる。そのため笑う時は注意して大笑いせず小さく笑うか、目元で笑うのがよさそうだ。しかし、目元で笑うと付けまつげが外れて、より怖いことになる恐れもある。

笑い顔に合わせて化粧する手もあるが、最近は大笑いなら二回、苦笑いなら五回くらい持つような高性能な化粧品も出回っているようだ。さらに皺取りクリーム、皺隠しクリーム、皺埋め立てクリームとかいろいろな商品が出回っているが、効果がないクリームは「クレーム」となる。化粧をする時はよく見ないよう、なるべく老眼鏡をかけないように注意しよう。

巣ごもりに注意

# 脂肪率　コロコロ太り　死亡率

コロナの重症率や死亡率には肥満や基礎疾患が関係していると言われ、特に欧米人で死亡率が高いのはそのせいもあるらしい。

しかし、高齢者にはある程度の脂肪があった方が長生きできるようだ。過度の糖質ダイエットなどは、脳の働き低下や筋肉の減少とかに悪影響もあるらしい。歳をとって過度にダイエットするのは骨密度を下げる「愚の骨頂」でもあり、寿命を縮める自殺行為とも言える。

コレステロールには悪玉と善玉があるが、どちらも健康に必要不可欠である。細胞の再生に重要な材料であり、「これ捨てロール」と呼んではいけない。人間の社会と同様に、悪玉と善玉がいてバランスがとれている。尤も悪玉コレステロールが多いと健康より性格が悪くなるかもしれない。

新たな課税法案

# 贅肉に 課税されたら 脱贅を

医療費削減、財政再建のため、新たにダイエット法案ができるかもしれない。これは贅肉（ＢＭＩ）に応じて累進で課税（課贅）をし、肥満体質の遺伝は相続税として徴収されるので、肥満を避ける新たな遺伝子操作は重要である。また、内臓脂肪は隠れ肥満とも言われるが、ＣＴ検査で容易に判別できる。この場合は贅肉を隠匿したことで課税額は倍になることもあるので要注意だ。なお、子供の肥満が進行すると、遺伝相続税と肥満相続税が重加算されて増えていくので、こちらも注意が必要だ。

今後は新たな税制改革、課贅制度、課贅法案ができるかもしれない。課贅をなくすには、贅肉を絞る「節贅」、贅肉を散らすか内臓にうまく隠匿する「脱贅」が有効だ。贅対策には新たに「贅理士」制度ができたら専門家に相談するのが良い。

終活か腸活か……

# 善玉は 日和見になり 悪玉に

最近は腸の持つ機能の研究が進んでいるが、免疫力アップ、健康増進、老化防止等、「腸活」として重要で盛んになっている。シニアも「就活」や「終活」より「腸活」をした方が健康で長生きできそうだ。

腸内細菌には善玉菌、悪玉菌、よく分からない日和見菌（約七〇％）が住み込んでいるそうだ。加齢とともに、善玉菌が減って悪玉菌が増えるようだ。

この構図は善人、悪人、日和見な人が存在する、「町内」「庁内」といった人間社会と同様である。人間社会では日和見な人が周囲の影響を受けて、悪人になることも少なくない。悪人が更生して善人になる、善人が堕落して悪人になることもある。

腸内細菌では日和見菌が体調によって悪玉菌になるようで、人の弱みにつけ込む人間の性格そのものである。悪玉菌が更生することは期待できない。日和見菌の多い人にも注意しよう。

# 第四部
# 子供より孫かペットか

シニアには家族や子供だけでなく、ペットの存在が健康上も良いらしい。ペットと触れる（会話する？）と特別なホルモンが出て、ストレス解消、免疫力アップ、鬱病や認知症の改善と、健康に大変効果があるという研究成果が報告されている。高齢者施設にはペット可も増えているが、最近のペットの長寿化に伴い、飼い主との老老介護の場合も少なくない。

そのため、ペットロボットも進歩し売れている。出来の悪い子供たち、たかりに来る孫たちより、はるかに健康的である。シニアは「癒やし」を求めるのが一般的であるが、中には「卑しい」となってはいけない。

昨今はペットブームであるが、大きくは犬派と猫派に分かれ、特に最近は猫派が多いようである。ネットにも猫の動画や情報があふれている。犬と猫はそれぞれ知性があるが、社会的活動（盲導犬、麻薬探知犬、警察犬とか）は猫より犬の方が活躍している。一方、都会ではネズミが増えて駆除が必要にもかかわらず、最近は飽食のせいもあって、昔からの仕事に意欲的な猫は少ない。

猫は愛想が悪いのか、そういう偏見があるのか、日本では悪い表現が使われがちである。例えば、ネコババ（爺はない）、化け猫、猫の額、猫の手を借りる、猫騙し、猫に鰹節、猫に小判、猫を被る、猫なで声、猫背……とかいろいろある。しかしながら世界全体で見ると、猫については優れた格言や名言も多い。

最近はペットも高齢化して医療介護費用が馬鹿にならない。保険のきく人間より高いこともあるので、ペットの生命保険、介護保険、医療保険とか、いろいろな保険も登場しているようだ。

また、一部の人は子供とペットの区別がつかず、子供をペットのように溺愛したり虐待したりする。逆にペットに子供のように接しても、ペットとしては迷惑な話かもしれない。

トムとジェリーは……

# 猫騙し　ネズミが騙し　猫黙る

だいぶ前だが、アメリカのコミック原作の『トムとジェリー』という、ネズミ（ジェリー）が猫（トム）をからかうアニメがヒットしていた。二匹はいつも追いかけっこをしているが、ネズミが一枚上手でなかなか捕まらない。

最近の飼い猫は外に出ず家の中に「引きこもり」状態で一生を過ごすことが多いようだ。この猫達はおもちゃのネズミしか見たことがないので、初期のＡＩのようにネズミを認識できないだろう。

ペットの世界でも高齢化が進んでいるが、人間と同様に女性（メス）の方が長生きするようだ。いずれにしても、飼い主とペットは老老介護で離れることができない。互いに歳をとると、どちらが介護しているのか分からなくなる。

手が足りない……

# 猫の手　子供の手より　孫の手だ

「猫の手も借りたい」という表現があるが、最近の猫は過保護、引きこもりでネズミを見ると逃げ出すようだ。猫パンチが役に立つのはパソコンの「マウス」の操作、キーボードのパンチくらいであるが、キーで打った内容は暗号文になっており、セキュリティは抜群だ。

また「子供の手」も当てにならない。小遣いが欲しい時に手を出すくらい。その点、「孫の手」はかわいい。手を出されると何でもあげてしまう。

最近の猫は文化的生活のため、「猫は炬燵で丸くなる」は昔の話になり、床暖房で伸び切っている。猫まんまも進歩して、様々な食材にいろいろと味付けされ、高級グルメ風になっている。人間のおかずに混ぜても気づかないような味である。もし、自分の食べているおかずに猫が近寄ってきたら要注意である。

犬はシニアを助ける

# 盲導犬　質が悪いと　獰猛犬

買い物をしたり見守りをしたり、いろいろな介護を助ける賢い犬も多い。特に盲導犬はよく訓練された賢い犬で、目や足の不自由な高齢者の強力な助っ人である。

一方で、飼い犬でも性格が悪かったり、突然、野生に目覚める犬もいて、犬によっては扱いに注意が必要である。特に米国原産のピット・ブル・テリアという大型犬の事故が多発しているらしい。

盲導犬は知力や体力も必要で、体の不自由な人を助けるのでストレスが多いそうだ。そのため盲導犬にも定年があり、訓練して二歳くらいから盲導犬として八年程度活躍し、十歳くらいで引退するシステムのようである。充分働いた盲導犬は、引退後にボランティアに引き取られ、余生を過ごすことになる。

オウムも歳をとる

# 同じ話 オウム返しに 繰り返す

オウムは会話を覚え反復する能力がある。必ずしも内容を理解しているわけではないが、性格が悪い人にいろいろと悪用される場合もある。例えば、人の悪口を言うと、それを本人の前で反復して問題となることも……。

不倫や浮気は特に要注意だ。対策として相手は、配偶者と同じ名前にしておくと何かと揉めずに安心である。万一、オウムが叫んでも、自分が寝言で名前を言っても、朝になると「夜中に私の名を呼んでくれた」と言って喜ばれる。

人は物忘れが進むと、同じ話を繰り返すようになる。オウムもしばらくは付き合ってくれるが、そのうち呆れて相手をしなくなる。しかしオウムも高齢になるとお互いに老老会話となって、同じ会話を飽きずに繰り返すようになるらしい。

## 爺婆は孫に弱い

# 子に辛く　孫には甘く　使い分け

自分の子供は厳しく躾けて育てる親でも、孫になると責任感がなく、集中力もなくなり、甘やかす一方だ。したがって、祖父母に預けっぱなしにすると子供（孫）が我儘になると言われている。子供の小遣いは少なくとも、孫には沢山あげるし、なんでも買ってあげることが多い。

しかし孫は「親会社の製品」ではなく、「子会社の製品」であることを忘れてはいけない。いろいろと買ってもらうために、爺婆に会う前に「受けそうなセリフ」の特訓を親は陰でしている。「会いたかった」「寂しかった」のようなセリフが効きそう、買ってもらうには最後に「……かった」というところがポイントである。

詐欺も子供から孫へ

# オレオレと　いない孫にも　騙される

オレオレと怪しげな電話を受けたが、自分には子供がいないので「誰だ」と聞いたら、「孫の〇〇」と名乗られた。そうか孫がいたのか、と思い直し電話を受けた。子供の金の無心はだめだが孫なら仕方ない、と訳が分からない。

あるいは自分の孫が騙されて「受け子」となってしまうこともある。しかし、自宅に現れた孫に直接渡すと贈与税や相続税がかかる。詐欺なら交通費とすれば節税になるのか？

そのうちペット詐欺というのも現れそうだ。ペットの名を騙り「金ニャー」と叫ぶと振り込んでくれる。これは子供騙しというより猫騙しになる。

誰の言うことを聞くか……

# 老いては　子には逆らい　孫に従う

歳とると頑固になり、なかなか子供の言うことを聞いてくれない。その点、孫の言うことは素直に聞くので、孫の詐欺に騙されやすくなる。そのうち、どちらが子供か孫か分からなくなり、さらにあちこちから不審な子供が湧いてくると手に負えない。

孫も小さいうちは祖父母になつくが、だんだん知恵がついてくると親と天秤にかけることもある。また孫が大きくなると、だんだんと体力的に相手をすることがつらくなる。さらに長生きしすぎると、孫に面倒を見てもらうことが増えて、最後の方は孫との立場が逆転していく。

教育パパ、ママの夢は……

# 子供では 破れた夢を 孫託す

特に教育ママは子供に過度の期待をする、夢を見るようだ。小さいうちから、塾、稽古事、スポーツといろいろ習わせ、良い学校に入れて、良い会社に入れるよう、あるいはアスリートやタレントになる夢も見る。

しかし、現実はなかなか甘くない。アスリートなどは子供の努力だけでなく遺伝の要素も大きいことがあり、それは製造元の両親の素質にもよる。子供が好きではないこと、興味のない道では努力は期待できない。ある時点で漸く悟るが、子供への夢を諦めきれず孫に向かう、「恐怖の教育爺婆」の登場となる。

さらに長期戦では……

# 孫で駄目　ひ孫に託し　長生きす

夢の実現が孫でも難しいとなると、その後は長期戦のサバイバルゲームとなる。人生１００年の弊害はここにも登場する。ひ孫から見ると、祖父母、曽祖父母が鼠算的に増えて見分けがつかない。長生きするとひ孫も相手が増えて、ストレスが溜まることになる。

教育ローンも「お子様ローン」「お孫様ローン」「ひ孫様ローン」と次第に増えていく。歳をとっていくと、それぞれのローンを順に使っていくのでローン会社はビジネスに困らない。長生きすると多重ローンになるが、腹をくくるか首をくくるか迫られる。

第五部

# お金や詐欺の心配

総務省統計局の資料によると、高齢者の金融資産や消費性向は以下のようである。

貯蓄現在高の構成比をみると、世帯主が六十五歳未満の世帯に比べ、世帯主が高齢者の世帯では「定期性預貯金」や「有価証券」の占める割合が高くなっています。

総世帯のうち高齢無職世帯（世帯主が六十五歳以上で無職の世帯）について、平成二十年の一世帯当たり一か月平均の消費支出をみると、前年より増加し二〇万六一八一円となっています。また、可処分所得は前年より若干増加し一六万四三一二円となり、消費支出に対する可処分所得の不足分も、前年より増加し四万一八七〇円となりました。この不足分は預貯金などの金融資産の取崩しなどで賄われています。

老後では健康第一、次いで必要最小限のお金が必要である。しかし、人生100年、老後の資金二〇〇〇万円とか、心配を煽る政策やマスコミが登場している。「先立つものはお金」であるが、先に発つのは平均寿命からすると男性である。

一方で、詐欺のような犯罪、ローン返済や投資、年金や医療費とか、お金の心配は尽きないようだ。詐欺に遭うのは、欲が深いのか意欲があるのか、騙され易いのかお人好しなのかと無責任に人は言う。それにしても多額のキャッシュがあるのにびっくりする！　中にはATMを連続四十回以上操作した、優れた集中力や体力のケースもあるようだ。

お金は必要不可欠であるが、お金に執着しすぎるのも問題である。特に「現金依存症」は、金融機関に預けたり、投資したり、使わないでひたすらタンス預金をするようだ。お金が腐るほどある、捨てるほどある人は要注意。葬儀でも「花束より札束じゃ」となる。

家具の専門店もタンス預金向けの新商品を開発している噂があったりなかった

り。日本円用は和箪笥、ドル紙幣は洋箪笥になるが、いずれも複利の利息がついて詐欺対策や税務署対策もしっかり考えられている。

腐らせるなら堆肥にして植物を育てよう。「金の生る木」が生えてきて、聖徳太子や福沢諭吉の花が咲く。これではお金のリサイクルになり、困ったことに増えてしまう。

捨てるならチリ紙交換に出そう。百万円の束でティッシュ一箱が相場らしい（今ならマスク五枚から十枚くらいか）。

高齢者は金持ちか

# 富裕層　財産無くし　浮遊層

「平成29年版高齢社会白書」によると、高齢者の貯蓄額は世帯主（六十歳以上）の貯蓄平均値が二三九六万円、中央値が一五九二万円であり、貯蓄額も格差が拡大しているようだ。

しかし、詐欺や窃盗、投資商品、ローン等により財産をなくしたり、年金や医療介護による出費とか心配の種は尽きない。今まで富裕層だったのが自己破産して、突然、浮遊層にならないように気をつけよう。

最近は差別用語を避けるということで、言葉遣いには過度に神経質になっている。後進国は「発展途上国」から「新興国」とかの表現にしている。こうなると貧乏な人は「富裕途上人」「お金に不自由な人」とでも呼ぶのだろうか？

デジタル化は進むか

## マイナンバー　悪用されて　ユアナンバー

マイナンバー制度は国の肝いりでスタートしたが、個人情報の管理や使い勝手からなかなか広まらない。いろいろなデータや管理が一元化できず、コロナ対策の補助金の支給にも活用できない。

マイナンバーは秘密に管理したりパスワードを掛ける必要もあるが、中には名刺に刷り込む人も出てくる。

一方、悪い奴はいろいろな悪知恵が発達している。高齢者を訪問してマイナンバーカードを盗み出して、自分のものとして悪用されるとマイナンバーがユアナンバーになる。

このような悪知恵の発達した人材を、人材の流動化、働き方改革等の観点から、ブラックハッカーとして活用し、国のデジタル化を推進することも考えられている。

人生１００年の詐欺は……

# 子では駄目　振り込み詐欺は　親使う

　詐欺グループも新たな作戦を次々に開発しているが、人生１００年ともなると、革新的な詐欺ビジネスモデルが必要である。更なる高齢化により老老介護は拡がるが、元気で長命な親が高齢化した子供を介護する場合も生じてくる。

　例えば、人生１００年では子供は八十歳前後になり、親からの電話に騙されることもある。「ワシワシ」と名乗って高齢の子供に電話すると、「親が金に困っているのか」と思わず振り込んだり渡してしまうことになる。中には既に親が他界しているのも忘れて、「久しぶりだけど元気？」とか会話が弾み、お金を渡す人も出てくる。

しぶとい鳥族は……

# サギにカモ　闇社会に　巣食う鳥

佐渡のトキは絶滅種であるが、中国では繁殖に成功しているようだ。日本は中国のトキを借りて繁殖事業を進めてきたが、既に世の中はいろいろなものが中国製になっている。特に医療関連製品や食品は中国からの輸入が多く、輸出を止められたら日本は大変である。

一方、しぶといのは「サギ」と「カモ」であり、益々繁殖しているようだ。一度カモと見なされると、「カモリスト」に入って詐欺業界の優良顧客のデータベースに載るようだ。こちらはデジタル化が進んでいるので、データの活用が進むといろいろな業者から営業をかけられる。

一方、日本の「ヤキトリ」は世界的に人気があるようだが、食材に鳥を使ってないのもあって、これも詐欺になるのだろうか？

貯蓄より投資

# 騙されて ハイハイリスク ノーリターン

国は景気対策、経済政策と称して、貯蓄から投資への乗り換えを勧めている。金融機関や証券会社は各種の金融商品を開発して、特に裕福な高齢者に「必ず儲かりますよ（金融業者が）」と言って勧誘をする。言われるままに「はいはい」とリスクをとらされ、ハイリターンはマリリン・モンローじゃあるまいし、ノーリターンになる。

ゆうちょ銀行が過大なノルマから投信の不適切な販売をして問題となったこともあった。「不適切」という言葉は便利で、どんなに悪くとも、問題でも、何となく言い逃れができる。失言は不適切発言、窃盗は不適切借用、詐欺は不適切投資、速度違反は不適切速度、暴行は不適切筋トレとか、何でも言い換えられる。

長期ローンは超長期へ

# ローン後に 老後破産か リスク有り

ローンは長期化しており、人生100年とか言われて定年後も返すこととなる。一代で無理なら「子供ローン」、さらに「孫ローン」と超長期ローンを開発し仕掛けてくる。当てにした退職金がないと住宅を手放すことになり、相続でローンを引き継ぐのも問題である。

生命保険も多様な商品が出回っているが、長生きして人生100年ともなると保険会社の方が先につぶれるかもしれない。「リバースモーゲージ」などは人よりも家が先に寿命を迎え、再度新築することになる。

あまり長生きするとなかなか生命保険ももらえないのでほどほどが良いという考え方もあるようだ。これからは、「長命保険」「寿命保険」「終末保険」「永久保険」とか、さらに多様な保険商品が出てくる。

定年後に悠々自適

# 田舎暮らし　お金が足らず　その日暮らし

「定年後には都会を離れ自然豊かな田舎暮らしをしたい」と言う人が増えて、過疎地の自治体や業者が移住や住宅等いろいろと斡旋している。田舎暮らしは都会より生活費がかからないという誤解もあるが、田舎初心者はそうもいかない。

また、自給自足を目指す人もいるが、生活費が不足すると「時給自足」で働く必要があり、稼ぎが足りないと「時給不足」になるので注意しよう。

田舎ではいろいろな近所付き合いや慣習があって、都会にはない出費や煩わしさがあるようだ。人間関係が濃密でよいとか近所との付き合いができると言うが、本当に合っているか、ついていけるかをよく考える必要がある。この辺を理解できないと、都会から来た「田舎モン」と言われて馬鹿にされる。

金は天下を回るか

# 自分には 回ってこない 回し者

「金は天下の回りもの」という諺があるようだ。今は貧富の差があっても、真面目に一所懸命に働けば、いずれお金は巡ってくるというような意味らしい。ところが貧富の差が拡大しているので、所得の不平等さを測る指標である「ジニ係数」も大きくなっている。

お金は「リユース」するものでリサイクルはできない。紙幣は和紙なので燃やしてもカーボンニュートラルと言われ、廃棄しても腐るので環境に優しい製品ではある。お札は独立行政法人国立印刷局の印刷物であり、刷ればいくらでも量産できる。しかし、自然に回ってくるものではなく、どこかに潜んでいる回し者のようだ。

閻魔様は長袖か

# 袖の下　地獄の沙汰も　金次第

あの世でも何かとお金がかかるが、まずは三途の川を渡るお金が必要だ。昔は渡し舟で船頭への船賃が必要だが、現在はフェリーも就航しているらしい。節約してこの川を泳いで渡ろうとして溺れてしまい、生き返った人もいるので要注意だ。

対岸へ着くともう戻るのは難しい。そこで、生前の行いから天国行きと地獄行きの道が分かれている。地獄では閻魔様はゆったりした長袖を着ているのか、「袖の下」が効きやすい。天国の天使の方は「袖なし」もいるので、よく見て対応した方が良いようだ。最近は天国も格差が拡大しているのでお金がかかるらしい。尤も天国も地獄もいずれキャッシュレスになるだろう。

酸いも甘いも……

# 気を付けろ　甘い言葉に　甘いもの

歳をとると甘いものは、カロリーが多く肥満になりやすい、コレステロールも増える、血糖値も上がる、ということで控えるように言われる。しかし、高齢者にはある程度の肥満やコレステロールはむしろ長生きに必要である。コレステロールは細胞の基本材料らしい。

甘いものは虫歯の原因にもなるが、ブドウ糖として脳の大切な栄養になる。また糖質はエネルギー源であり、過度の糖質ダイエットは高齢者の健康に悪く、呆ける要因にもなるとも言われている。

昨今のコロナ禍では、「三密」を避けるというのが重要になっている。しかし、甘い蜜も気を付ける必要がある。特に「ハニートラップ」という甘い罠にかかると「ワナワナ」と震えることになる。

最も気を付けないといけないのは「甘い言葉」である。「酸いも甘いも嗅ぎ分ける」という言葉通り、高齢者ならよく分かるはずだが、「嗅ぎ分ける」力が退化していると無理である。

振り返ってみれば……

# 昔から キャッシュレス 当たり前

昔は何でもキャッシュで貰い支払っていた。最近はデジタル化が進み、クレジットカードや電子マネーに移行しつつある。会社にいた頃は出世せず「ペーペー」だったが、今や支払いは「ペイペイ」とかに変わっている。

キャッシュレスは最近かというとそうでもない、昔は財布の中がキャッシュレスで「ピーピー」していた。これからキャッシュカードはキャッシュレスカードに、さらにカードレスになっていく。

自分自身が損するか得するかですぐ態度を変えたりする人を「現金な奴」というが、英語で言うと「キャッシュガイ」となるらしい。これからはキャッシュレスで、このような態度の悪い人はいなくなるようだ。尤も高齢者は現金より「元気」が大切かもしれない。

# 第六部

# 配偶者か遭遇者か

平成二十七年の国勢調査から、配偶者に関する状況を見ると以下のようである。

男女別十五歳以上人口を配偶関係別にみると、男性は、「未婚」が一六一三万一〇〇〇人（十五歳以上男性の三一・六％）、「有配偶」が三一二六万九〇〇〇人（同六一・三％）、「死別」が一六五万四〇〇〇人（同三・二％）、「離別」が一九八万五〇〇〇人（同三・九％）となっている。

一方、女性は、「未婚」が一二七二万八〇〇〇人（十五歳以上女性の二二・九％）、「有配偶」が三一四五万七〇〇〇人（同五六・六％）、「死別」が八〇〇万四〇〇〇人（同一四・四％）、「離別」が三三九万一〇〇〇人（同六・一％）となっている。

配偶関係の割合を年齢五歳階級別に図でみると、「有配偶」について、男性は七十〜七十四歳（八三・七％）、女性は五十五〜五十九歳

（七八・三％）をピークとした山型になっている。

また、「有配偶」の割合が「未婚」の割合を上回るのは、男女共に三十～三十四歳以上の年齢階級となっている。


最近は「おひとり様」も話題になり、結婚年齢の上昇や結婚率の減少が少子化につながっているとも言われている。そうは言っても、結婚している人の方が圧倒的に多く、結婚願望も意外とあるようだ。

そのため、昔のお見合いに代わって婚活サイトや出会い系のようなインターネットや紹介ビジネスも盛んである。しかし、怪しげな仲介、結婚詐欺も暗躍しているので注意しよう。

配偶者とは偶然の要素もあり、期待が持てる「未知との遭遇」、リスクを伴う「無知との遭遇」でもある。

結婚の夢が破れたり、性格が合わないと離婚して、次の相手を探すことになる。

そこで婚活サイトに登録したら、相性のぴったりの人がいると言われて会ってみたら、自分の元の配偶者だったということもある。この場合は離婚と結婚と二重手続きでややこしいが、離婚と結婚とセットになった書類があれば心配ない。

一方で生涯現役の「おひとり様」も増えているようだ。「おひとり様」でも子供は欲しいという人もいて、もし「子供斡旋所」なんてものができると、相続には困らないが、相続時に新たな子供が出てくるとややこしくなる。

人生の墓場とは……

# 墓場から　共白髪になり　墓場まで

「結婚は人生の墓場」という言葉があるようだ。結婚前と結婚後の生活の変化や配偶者との関係から、夢から覚めて現実に戻されるような経験から来るらしい。しかし、現実は厳しいかもしれないが、成熟していくと本当の人生が始まることとなる。

一方、長年連れ添って揃って長生きしようという「共白髪」という言葉もある。暫く一緒にいるとだんだんと慣れて馴染んで諦めて、結婚生活も安定してくるようだ。こうなると、まさしく墓場からスタートしてゴールも墓場となる。しかし熟年離婚も増えており、ゴールが変わったり、「別白髪」で孤独になることもあるので、無理しない、油断しないことだ。

何イチが良いのか……

# バツイチは　良き伴侶得て　ボツイチに

昔、「バツイチ」は出戻りとか言われて嫌がられたこともあった。現在は特別な理由がなければそれほどでもなく、子持ちでも再婚ができるし出会いの場もある。

ただし、歳をとって新たな配偶者が先立つと、今度は「没イチ」ということになる。

二〇一五年の国勢調査によると、四十歳以上の「没イチ」は全国に約九五五万人おり、その約八割を平均寿命の長い女性が占めている。「没イチ」人口は一九九〇年の七一〇万人から三五％増加しているという報告もある。

高齢化に伴い、シニア「没イチ」は増加するので、そのサポートが必要と言われている。

誰でも最後は「おひとり様」になるので、それなりの心構えやライフスタイルが必要だ。そのうち、「ボツボツ」という時期も来るので、「ボケイチ」にはならないように精進しよう。

備えあっても憂いあり

# 妻害は 忘れる間なく やって来る

最近は温暖化のせいか異常気象が増加している。豪雨、豪雪、猛暑や風水害が頻発し、五十年に一度の豪雨とか気象庁は警戒している。五十年に一度が二年続くと、二十五年に一度になってしまう。

「災害は忘れた頃……」というのは過去の話で忘れる間もなく来るが、記憶が定かでなくなると過去を忘れたような状況になる。特に「妻害は忘れる間なく」、毎日のように頻発している。五十年に一度ではなく、毎年、毎月やって来る。

そのため、最近の保険会社は「妻害保険」を開発して販売するかもしれない。これは家庭内に監視カメラを設置し、妻害の程度をＡＩで解析して被害のレベルを算定している。一方、「不倫保険」も開発して、「妻害保険」とセットで販売する計画もあるようだ。

もっとも女性側から見ると「夫害」も大きな問題かもしれない。「不甲斐」ない場合も困るが……。

## 愚妻から　定年すぎて　愚夫となる

よく世間では、夫が妻を紹介する時に謙遜して「愚妻です」ということがあった。中には謙遜でなく「本音」もあったようだ。ところが定年過ぎて、ご近所デビューにおいては妻が夫を紹介する時、「愚夫（本音は愚か者）ですが」と言う機会が増えてきたようだ。

ここでむっとしてはいけない。にこにこ笑っていると家庭円満。よくできた人と思われる。今更、とりつくろったりごまかしたりしても、既にその地域では「有名人」である。

昔の会社の肩書で「元××会社の○○」とか言う人もいるが、名刺を作って配ると恥をかくことになる。新たに名刺を作るなら、自由業や作家、歌人や変人とか何でもありである。

全く健康なのに……

## 朝見ても　夜帰っても　寝たきりに

夫が仕事や付き合いにかまけて家にいる時間が少ないと、配偶者とライフスタイルが合わない、時間が合わないことになる。最初はかいがいしく早起きして送り出したり、起きて待っていてくれるが、仏の顔も三度で「放っとけ」となっていく。

こうなると朝は起きてくれない、夜帰ってくるともう寝ている、寝顔しか見られないことになる。いつ見ても「寝たきり」だけど、万全の健康というライフスタイルである。

そのうち愛想をつかされてしまうと、「寝たきり」が「出かけたきり」「これっきり」になり、最後は「すっきり」となってしまうので要注意だ。

契約期限が切れて……

# 他人から 妻となったが また他人

最近は熟年離婚なるものが増えているようだ。永年連れ添いながら、性格が合わない、生き方が違う、我慢の限界、などと言われて熟年離婚に至る。特にサラリーマンは退職金が手切れ金になることも多い。引きこもりの子供がいると、どちらが引き取るか揉める。

結局、有効期限が切れた、耐用年数が切れた、賞味期限が切れた、とかいうことになるのか。

デジタル化革命で離婚もリモートで手続きしようという動きもある。ある日突然、メールで書類が来てデジタル署名をすれば手続き終わり。出かけたら帰ってこない、朝起きたらいない、帰ってきたらいない、というケースも増えていく。

デジタル離婚が先行しているデンマークでは、離婚率が上昇したので「冷却期間」「熟慮期間」を設けて、離婚率を下げている実態もあるようだ。契約結婚では「契約更改」か「契約後悔」のどちらかになる。

出会ったけれど……

# 良き出会い　詐欺と遭遇　騙された

最近は結婚年齢が上昇している、さらに結婚する人が減って独身者が増えているようだ。生涯独身の「おひとり様」と言われる人も増えている。

でも一生独身かというと、そうでもなく、中高年になって結婚相手を探す人も意外といるようだ。

そこで、出会い系という婚活サイトなるものが出現している。既婚者がお互いに密かに登録して新たな婚活をしている場合も出てくる。匿名なので、検索し相性がぴったりということで会ってびっくり！　なんと我が妻（夫）。これで夫婦円満になることもあるようだ。

婚活では「あせり」があるのか簡単に騙されて、貢いでも貢いでも嫁げない状況もあるらしい。

こんなニュースを見て、「何で簡単に騙されるのかな」と夫は言うが、「私も騙された」と妻は言い返す。

嗅ぎ分ける力は……

# 悪妻が　あー臭いと言う　加齢臭

加齢臭は皮脂腺の中の脂肪酸と過酸化脂質からできるノネナールという物質が原因らしい。これは男女関係なく四十歳代以降に脂肪酸と過酸化脂質の分泌量が急増することによって出るそうだ。過労やストレスによっても増加するらしいが、生物学的には体臭は子孫繁栄に重要な役割を果たしてきたということだ。

カレーを食べた時は「カレー臭」というが、そうなるとインド人は殆どが年齢に関係なく「カレー臭」を持っている。こうなるとカレーパンマンの「カレーをシュウシュウ」も問題ない。

尤も加齢臭は外でついた「おしろい臭」を隠すのに使えるので、無理に消さずに大事にしよう。特に娘は親父の加齢臭を嫌うが、「彼臭」は好きなようだ。家に帰った時、自分とは別の加齢臭を感じた時は要注意だ。

都会では、ゴミ問題も深刻で、家庭ゴミの扱いに苦慮している。例えば、

**粗大ゴミ　定年過ぎて　生ゴミに**

働いているうちは給料運搬人と言われ、家にいると粗大ゴミとなっていた。しかし、定年過ぎるとただの生ゴミ扱いである。

**生ゴミも　期限が切れて　ただのゴミ**

**シール貼り　出したはずだが　戻ってる**

特別ゴミとしてゴミシールを貼って玄関前に出すが回収してくれず、何故か夕方になると裏口から戻ってくる。そのままにしておくとゴミ屋敷になってしまうが、リサイクルするとまだ使えることに気づく。

この繰り返しが夫婦円満、家内安全につながっていく。

# 第七部

# 忘却の彼方へ

脳の中で海馬とは大脳辺縁系の一部で、記憶や空間学習能力を司る重要な部分である。歳をとると海馬は委縮し記憶力も低下するが、これは正常な老化現象であり心配する必要はない。細長い器官であるが、面長の馬が特に優れているわけではない。

むしろ、忘れた「振り」、覚えているが「記憶にございません」というのは悪質である。都合の悪いことは忘れる、大事なことは忘れる、嫌なことやどうでも良いことはよく覚えている。このように人の脳は高度な機能を持っている。

脳を活性化するために歳をとっても頭を使う、体を動かす習慣を続けよう。記憶力が多少低下しても気にしないで出かけよう。「何処へ」「何しに」が分からなくとも、行ったか行かないかを忘れても、どうでも良い。やはり歳相応の自然の状態が一番であり、逆にいつまでもしっかりしている、記憶力があるのは嫌われることもある。

## しらを切るとは
# とぼけてる　振りをしてたら　呆けてきた

都合の悪いことや嫌なことを聞かれたら、知らないとか記憶にないとか、「とぼける」ことはよくある。いつもそうしているうちに信用をなくすが、歳をとると、いつの間にか本当に「呆けている」こともある。つまり歳をとったら、「呆けた振り」でごまかすのが良い。

歳をとって体力は低下しても、頭と口はむしろ進化していく人も少なくない。こうなると「とぼける」こともうまくなる。

しかし、この「呆けた振り」は使い方が難しい。状況と相手に応じて使い分けるが、このスキルは人生経験にもよるので、スキルをマスターした頃は呆けて使い物にならないらしい。

今日行くところ

# 何処へ行く　何処に行ったか　分からない

今日用があるとは……

# 用がある　何の用だか　分からない

歳をとったら、「今日用がある」「今日行く所がある」というのが良いらしい。何か出かける口実があれば良いし、行く所があると良い。出かけて人に会うこと、会話をするのが良いらしい。

若い時は夜遊びして、あちこち回って、朝帰りすることも度々あった。しかし、高齢になると危ないので、なるべくその日のうちに帰ろう。帰る家が分からないと言って外泊したり、都合の悪い約束を忘れた振りをするうちはまだ大丈夫である。

何を忘れたか

# 度忘れも　度々忘れ　度が過ぎる

人は度忘れをよくするものである。さっきまで覚えていたが急に忘れた、思い出せないと言うが、便利な言い訳でもある。都合の悪いことは度忘れし、都合の良いことは急に思い出したりと忙しい。

突然見知らぬ人に挨拶されたら、とりあえずは「この間はどうも」とか言っておけば問題ない。相手も、挨拶したが誰だっけと考えていることも少なくない。人に会っても、顔は覚えているが名前を忘れた、その逆も少なくない。会ったか会わなかったかも定かではない。しかし、忘れたことを忘れているのは重症である。お互いに何回も名刺交換していたら要注意である。そのうち、どれが自分の名刺か分からなくなり、毎回別の名刺を渡すようになると重症である。

運転は気を付けよう

# 免許証 返上したが 忘れてる

歳を取ると反射神経が鈍る、手足の動作が緩慢になる、注意力や視力も低下するので、運転には注意する必要がある。高齢での免許更新では、運転の可否や問題等を一応チェックすることになっているが、うまく機能していないという指摘も多い。

高齢化対策として免許返上があるが、返上を忘れるのはまだ良い方で、返上したことを忘れ運転する、返上した免許証を一生懸命に探したりは要注意である。さらに運転して出かけて車を忘れて電車で戻る、駐車場で止めた場所が分からない、カーナビの案内に逆らうとか文句を言う、自宅誘導しても車降りた後に帰り道が分からない、という前兆も要注意である。

次第に名前を忘れ……

# 君の名は　そして忘れる　僕の名は

記憶力が低下すると、人の区別や認識が低下することもあるらしい。まず配偶者や子供の名前を忘れ、最後に自分の名前を忘れていくことも。しかし悪いことをした時に偽名を使う、名前を思い出せないというのは、単なる犯罪行為である。配偶者の名前を度忘れすることもあるかもしれない。しかし不倫相手の名前を言ってしまうよりはましである。これを防ぐには不倫相手も同じ名前にしておくのが無難である。尤も子供の名前を忘れると、振込詐欺対策になるかもしれない。相手も何回も違う名前で聞かれると諦める。

防犯にはカギが大事

# 気をつけろ 大事なものに キー付けろ

カギをつける、かけるのは良いが、かけ忘れも増えてきて、かけたかどうか何回も確認する不安症の人も多い。問題なのはカギをなくすことで、スペアキーがいくつあっても足りない。どのカギが何処のものか分からず、ドアの前でいろいろなカギを試している人も少なくない。

最近はデジタル化で、パスワードなどで認証にしているドアや機器も増えている。今度はパスワードを忘れる、区別がつかなくなる、といった同じような問題が起きる。パスワードをパソコン等に貼っている人もいるが、便利で良い考えではあるが、丸見えなのでパスワードをさらに暗号化する必要もある。

さらに顔認証や指紋、静脈とか、認証技術はどんどん進化している。顔認証では厚化粧でもマスクでも高齢化でも、きちんと認識するようだが、整形の場合はどうなるか……医者の腕が問われることになる。指紋や静脈は盗まれないと思ったら、指を切断して悪用される映画もあった。また職業が「ヤクザ業」の場合は小指の指紋は使えないか。

読んでも　読んでも……

# 読み終えて 内容忘れ 読み直す

　記憶力が低下してくると、読んだ本の内容をすぐ忘れてしまうことも増える。何回も読み直しながら進むので一冊読むのに時間がかかる。時間を空けて読むと前の内容を忘れてしまうので、また最初から読むことになる。そのため、一気に読んでみたら一気に忘れてしまった。しばらく経つと全部忘れてしまうので、また最初から読むことになる。

　結局、繰り返し読むので本は一冊あれば充分である。記憶が低下すると読むたびに違った内容を楽しむこともできる。また、後ろから読めば二冊目の本となるし、逆さにして読めば三冊目の本となる。一冊目は単なる読書であるが、二、三冊目は「反対読み」「逆さ読み」という立派な脳トレになる。

同じ本が増えていく

# 同じ本　沢山あるが　読み切れず

買ったことを忘れて同じ本をまた買うことも増え、だんだん書棚に同じ本が増えていく。どれから読むか悩むが、読んでも忘れてしまうので悩む必要はない。三冊同じ本を読破するにも時間がかかるが、忘れてしまうのでシリーズものを三冊読んだと思えばよい。

推理小説の場合は後ろから読めば、犯人も分かって時間の節約になる。尤も読んでいるうちに犯人を忘れてしまうので問題はない。三冊続けて読んでも、犯人が異なる推理小説として楽しめることになる。

中には本の初めと終わりを間違えて、後ろから読んでしまうこともあるが、全く異なったストーリで面白いと満足することになる。さらに前から読んだり、後ろから交互に読んだりすると、ちょうど真ん中で読了となる。

歩くのは健康の秘訣

## ウォーキング　道が分からず　徘徊に

歳をとると足腰が弱るのでウォーキングは健康にも頭の働きにも良い。最初は散歩コースを決めているが、だんだんと道が分からず、いろいろなコースを試すことになる。道が分からなければ聞けばよい。とにかく歩き回ることが大切だ。帰り道が心配な人は首から自宅への地図と鍵をぶら下げておくと、親切な、でも悪い人が送ってくれるので安心だ。

そのうち、自宅が分からず他人の家に帰ることがあるかもしれない。しかし、相手も家の人として迎えてくれるので問題はなく、お互い様である。

よくあるのは、若いうちでも酔ってマンションの階を間違えて帰ること。この場合は、朝になるとはっきりするので、謝るか、送り出してもらうか、相手の出方次第である。

# 第八部

# デジタル化とは

最近はデジタル技術が進化して、スマホも高機能化し、いろいろなモバイル機器がどんどん広がっている。さらにコロナ禍でデジタル化が一気に加速している。孫との会話も画面越しで、これからは振り込め詐欺もオンラインになるかもしれない。

通信速度もどんどん上がる。4爺が5爺に移行し、さらに6爺が議論されている。もっと機能が上がると、持ち主の行動を忖度して発信してしまうかもしれないので気を付けよう。特に女性は「直観」という特殊な機能が発達しているので要注意だ。

デジタルの世界は、1と0を組み合わせて構築するので、人間のアナログ性と合わないところもある。コンピュータは進化していろいろなところで使われるようになった。例えば、漁業では魚群探知として漁獲アップに寄与しているが、これは「漁師コンピュータ」と呼ばれる新しい技術革新であると言う人もいるとか。

毒を以て毒を……

# 依存症　アプリ治療に　依存する

最近はネット依存、スマホ依存が増えて、ゲーム依存症は推定約四百万人以上、中高生で約九十万人以上とも言われている。これらは常習性があり、依存症となると人生を破壊され、社会全体でも膨大な時間や労力の浪費になる。でも、それらを開発した会社はなかなか対応が難しいようだ。

ところがこの問題をＳＮＳで相談を受けたり、治療に様々なスマホ依存対策アプリが出回っている。このアプリにハマったら「対策用対策アプリ」があるので心配はない。まさしく「毒を以て毒を制する」ようなことになる。

さらに「毒には猛毒を」という考え方もあるが、例えば、養殖用のフグに「ふぐちり」を食べさせると、無害なフグを育てることができるかもしれない。考えようによっては、デジタル依存症はドラッグより深刻かもしれない。

薬もデジタル化

## 飲み薬　デジタル薬も　マウスから

デジタル薬とはデジタル技術を導入した医療法のことで、デジタルセラピューティクスとも言われている。日本では二〇一四年の薬事法改正で、デジタル薬が医療機器としての承認対象になった。

例えば、不眠症対策薬として、患者がアプリに日々の睡眠や行動の情報などを入力すると、認知行動療法を基にした内容がアプリから発信されるというものらしい。

しかし、アプリを使うことに熱中して眠ることを忘れると、自然に不眠症が治ることになる。睡眠薬を使うより副作用もなく、医学的に安全とも言われている。他にもニコチン依存やアルコール依存にも使えるらしい。

こうなると、依存症を治すためにもうスマホは手放せないので、併せてスマホ依存症のアプリを使うことになる。パソコンの場合は、薬と同じようにまずはマウス（口）から処方することになる。

人生は決断が大事

# イチかゼロ　一か八かに　賭けてみる

デジタルは1と0の状態でデータを表す二進法である。パソコン等の電子回路は物理的な状態を1と0、オンとオフで表すようなものである。したがって、二つしかないので決断は早い。「どちらでもない」「何とも言えない」「検討します」とかはない。

考えてみれば人生も同じようなもので、岐路や選択肢はいろいろあるが、最後は決断するしかない。しかし、優柔不断でなかなか決断できない、決断して後で後悔することも多い。

この辺がデジタルとアナログの組合せだが、最後は「一か八か」の決断が重要となる。

デジタルの歴史は古く、始まりは「丁半」の賭博かもしれない。この1と0の確率を読む洞察力や「いかさま」で賭場を制するのは旧型デジタル人間で、「ネアンデジタール人」とも呼ばれている。

モバイルは持ち歩かない

# 携帯を 家に忘れて 不携帯

携帯もスマホになり、便利で小型軽量化されたので、忘れやすく、見つけにくい。歳をとると忘れたりなくしたりするので、なるべく持ち歩かないことだ。家の中でも見つからないことも多いので、マナーモードを解除しておいて固定電話で鳴らして探すことになる。

パスワードは忘れるので使わないか、携帯の上に分かりやすく貼っておくことだ。電話をかける時は公衆電話ボックスに入ると静かで声が聞きやすい。中には、携帯を握りながら固定電話を使うこともある。

マップ機能には「自宅誘導」を設定しておくと、道が分からなくなっても確実に帰れることになる。しかし、間違って他人の「自宅」を設定するとややこしい問題を引き起こす。

漢字は忘却の彼方へ

# 読みにくい　変換忘れ　カナだらけ

漢字変換の機能も大きく向上したが、その代わり人の漢字手書き機能は退化した。漢字の筆順を忘れるのは普通で、漢字を忘れて変換後の誤字脱字も増えている。笑って済ませる場合もあるが、ビジネスでは誤変換が場合によっては深刻な問題になることもある。「仮病」を「毛病」というのは高齢者にありそうだが、「病院で診断」を「病院で死んだん」となればびっくりする。

そのうち変換する漢字が分からない、漢字を間違えて意味不明、変換を忘れてカナだらけとだんだん進化する。そして手書きになると、漢字が分からない、言葉が出ない、何を書こうとしたのかますます分からない、とさらに進化していく。

連絡も途絶えて……

## SNS 使いこなせず SOS

いろいろなSNSが出てきたが、さて使おうと思うとうまく使えない。そのうち、誰に、いつ、何を送ったか、何を送ろうとしたか、定かではなくなる。そうなると返信を見ても何のことか分からない。

したがって、SNSだけでなく、FAXや電話と併用するのが確実だ。メールしたら電話で内容を伝えるのが良いが、電話の相手を間違えるとややこしくなる。そのうちメールと電話の内容が合わなくなることも出てくるので、電話をしたら確認のため、さらにメールするのが良い。

最近はソーシャルネットワークだけでなく、ソーシャルディスタンスという新たなライフスタイルが盛んに言われている。これをダンスと間違えて、ソーシャルダンスでもチークダンスは感染の恐れが高いと言う人もいる。

つぶやきは小声で……

# ツイッター　年寄りの愚痴　つい言った

SNSの中でもツイッターは手軽で、誰でも言いたいことを言えるので広まっている。某国の元大統領も多用していたが、ツイッターは英語で「さえずり」「興奮」「無駄話」、または「なじる人・嘲る人」という意味とのこと（なるほど！）。日本語では「つぶやき」と訳しているようだが、スマホを音声動作モードにしておくと、思わず呟いたことがそのまま発信されることになるので注意しよう。以前、ある企業の謝罪会見で、「ささやき」がマイクに入り炎上したこともあった。

しかし、失言の多い政治家がツイッターで発言するのは、マスコミや有権者の反応を見たり、言い訳したり、とぼけたりと、「つい言った」ように使えるのでいろいろな意味で便利なようだ。

ガラケーからガラスマに……

## 老眼で 文字より画面 拡大す

高齢者にはスマホは難しい、ガラケーで充分であると考えられているようだ。しかし、老眼で小さな字や画像が分かりづらいので、画面を拡大できるディスプレイの機能は便利である。しかし、勘違いして画面そのものを大きくしようと縁をいじっている人もいる。

高齢者には音声操作も便利だが、音声認証機能がないと他人の声でも動作するので注意が必要だ。そのうち、持ち主の言動を覚えていて告げ口する機能も出てくる。また、何となくつぶやいた時に勝手に解釈して、通話モードになったり誤った動作をすると危ない。

そのうち、「不倫アプリ」のようなものもできるので、勝手に組み込んでおくと「濃厚接触者」とかの検索も遠隔でできるようになるので気を付けよう。

音声モードは注意

# 人の声 馬鹿正直に 聞き分ける

スマホには音声入力の機能がある。操作が難しい、指の動きが良くない高齢者には便利な機能だが、音声に対するセキュリティが充分でないので注意が必要だ。自分の名前、年齢、住所はしっかり入力しておこう。自分の名前や歳が分からない時は「私は誰？　何歳？」と聞くと教えてくれるし、帰り道が分からない時は自宅誘導してくれる。

ただし、他人が同じ質問をすると、持ち主の名前と歳を言ってしまうので「年齢詐称」がばれてしまう恐れがある。今日は「何月何日何曜日」とスマホに聞いたら、気を利かして近くの脳神経科の病院を検索してくれるＡＩ機能もあるようだ。既にＡＩで認知機能を判断する臨床試験も始まっているらしい。

リモートのマナーとは

# リモートでも ウィルス恐れ マスクする

昨今のコロナ禍により人との対面や接触が難しく、会話もオンライン化が拡がっている。テレワークやリモートワークもあるが、ネットのウィルスとコロナウィルスを混同して、感染予防にオンラインでもマスクをする人もいる。

対面で人と会う時はマスクをつけるので髭をそる必要がない。逆にオンラインの時はマスクを外すので髭を剃る必要があるし、女性は口紅をつける必要も出てくる。このような点でマスクは便利な道具でもあるが、口元が見える透明なマスクは不便である。

また厚いマスクをつければ、つまらない会議では笑ったり、アクビをしたりも自由である。しかし、顔認証技術が発達するとマスクの下の口の動きを検出したり、テレワークの時の口の動きから不穏当な発言を判読したりするので要注意だ。

## 通勤はリモートワークへ

# テレワーク 自宅待機で リストラへ

昨今のコロナ禍により、感染防止のため通勤して出社せずに在宅でリモートワーク、テレワークが盛んである。通勤時間が有効に使える、仕事に集中できる、家事や育児と両立できる、と言われるが、業務効率や生活リズムの点から賛否両論がある。

考えると昔も「自宅待機」という在宅ワークもあって、出社無用という優れた制度もあった。しばらく自宅待機して充実した生活を送っていると、ある日突然、「出社無用」といった、さらに進んだシステムになり、特に出社することだけを仕事としていた人は失業する。

特に自宅で「テレテレ」と手抜き仕事をしたり、在宅で副業として「財テクワーク」に精を出していると失業することになる。

オンライン診療とは

# 待ちが無く　雑談できず　使わない

日本はデジタル化が遅れていると指摘されているが、その中でも診療と教育が大きなテーマである。診療については安全性や確実性を重視し、反対している抵抗勢力も強い。しかし、一部の医療機関では既にオンライン診療を進めており、大きな問題もないようだ。いろいろと課題はあるが、コロナ禍を機会に拡大していく方向である。

患者側の利点として、長い待ち時間がない。逆に医者とじっくり話ができるが聴診器を用意する必要もある。医者側も効率が良く迅速な対応ができる。

しかし待ち時間がないということは、患者同士の雑談ができず、高齢者としては病院へ行く楽しみや目的が半減するようだ。したがってオンライン診療では、患者同士のチャット機能が必要になる。

# 第九部

# シニアの健康状態は

シニアにとって何よりも健康が重要であり、一に健康、二に長寿になるが、なるべく寿命＝健康寿命でいきたい。健康であれば何でもできる。若返ることもできるそうだ。ただし、病気でないことが健康ではない。長生きは「長く息をしている」ということではない。

健康でないと体力はもちろん、気力も知力も湧いてこない。「心技体」という言葉もあるが、現実的に重要なのは「体心技」となる。また、頭の健康と体の健康は一体であり、運動することで頭も鍛えられるが、脳が筋肉質の人であれば「脳トレ」より「筋トレ」が有効である。最も頭を使うスポーツは、ヘディングをするサッカーと言われている。

しかし、あまり健康に固執したり神経質になってはいけない。健康を考えすぎるとストレスで不健康になる。たまには暴飲暴食をして胃腸を鍛える、呑みすぎて肝臓を鍛える、たばこを吸って肺を鍛えることも必要などとヘリクツを言う人もいる。禁酒や断酒を避けるためには、酒の好きな医者にかかる必要があるが、その場合は薬として「百薬の長」を処方してくれる。

しかし高齢になると、知恵がついて身体の別の機能がアップするようだ。例えば、臭覚が衰えるのに「鼻が利く」、老眼なのに「眼力がある」、肩が痛いのに「肩入れする」、声は出ないが「声色を使う」、手が上がらないが「手を回す」、知恵がなくとも「入れ知恵をする」とか、いろいろな代替機能が発達する。

身体の変化は……

# 二重顎　三段腹に　四十肩

顎が二重となるが、二十歳代に若返るわけではない。

ついで腹が三段となるが、何故か腹は段という単位で表すようだ。三段が最も上位で四段以上の名誉段はないようだ。

肩は年齢に関係なく四十肩、五十肩と呼ばれ、六十肩以上はないようだ。実際は四十代、五十代の発病が少なく、整形外科医は病名を注げながら「若返りましたね」と冗談を言う。歳とともに、このように体型は若返っていくようだ。

四十肩になる頃は、あちこち痛くて調子が悪く、四十肩というより「始終ガタ」の状態になる。両方の肩が痛くなると、怪しげな医学用語では「八十肩」というらしい。人生１００年では両肩が五十肩で合わせてめでたく「百肩」になる。

硬軟両様とは……

# 関節は 硬くなっても 脳軟化

脳軟化症とは脳梗塞のことであるが、脳内血管の閉塞もしくは狭窄のために脳組織の一部が酸素不足や栄養不足で壊死するので、対応は時間との競争で早めの診断と治療が重要と言われている。

一方、歳をとると関節や筋肉が硬くなる。柔軟性が失われるので、身体の方は日頃の運動やライフスタイルが重要である。

頭も若いうちは柔らかいとしても、関節はないのにだんだんと硬くなって働きが悪くなる。そうなると短気になったり融通が利かなくなり、シニアクレーマーとなったりするので要注意である。頭もストレッチや柔軟体操が必要だが、柔らくなりすぎて頭蓋骨に寝癖が付くようだと心配だ。

医者も高齢化

# 年の功　誤診なんかは　気にしない

高齢化社会では患者も医者も高齢化して、医師不足や誤診の問題が指摘されている。特に過疎地の医師不足は深刻である。老老診療でも長い付き合いのあるかかりつけ医は信頼感があるし、むしろベテラン医師の診察や助言は安心感がある。

しかし、外科手術をする医者の手が震えていたら、「私の手はメスを握ると震えが止まる」と言われても心配である。聴診器の音を聞くのに補聴器を付け直す、画像を見るのに眼鏡を取り換えるのも気になる。

だが、現在はロボットやＡＩが進歩しているので心配はない。

うっかりと診察科を間違えて、目の具合が悪いのに歯医者へ行ってしまうようなこともある。高齢になるとあちこち悪くなるので、ついでに診てもらうのはよい。しかし、気が付かないとややこしい。さらに、医者の方も気が付かないうちに治療が終わり、患者は体調が良くなったと満足して帰っていく。

病院か、集会場か

# 医者通い 体調崩し 諦める

歳をとるとあちこちの関節が具合悪くなり、特に整形外科は高齢者で混雑している。時折、待合室で雑談を聞いていると、「体調が悪いと病院へ行けない」「最近見ないけど生きているの」といった会話が交わされている。どうやら病院は体調が良い時に行く所らしい。

診察してもらい、原因を「歳のせい」と言われると、患者はがっかりしたり、妙に納得したりする。医学用語では「加齢現象」または「枯れ現象」と言うらしい。いずれにしても深刻な病気ではないということだ。少なくとも間違ってはいないので名医と言われる。「具合の悪いのは生きている証拠です」「いずれすべて気にならなくなりますよ」「時間が経てば治りますよ」「じっとしていると治りますよ」というのは高齢者向けの真実である。

骨のある人間とは

# 軟骨が 磨り減った分 硬骨に

古い骨が壊されることを骨吸収、新しい骨がつくられることを骨形成と言い、この骨吸収と骨形成がバランスよく行われることで、新陳代謝により健康な骨がつくられる。そのためには、重力をかける運動、日光に当たること、ビタミンDが重要と言われている。

ところが軟骨は関節のクッション材であるが、磨り減ると再生しないと言われている。若いうちは関節の動きに問題はないが、歳とともに軟骨は減って硬くなる。しかし、その分「硬骨漢」となって意志が強く、権力に屈せず、たくましい男になれる。

最近は女性の「硬骨漢」も増えているようだが、間違っても「恍惚漢」にならないように注意しよう。将来は再生医療で軟骨も再生できるようになりそうだ。

油を売る暇はない

# 関節は 老いるショック 油切れ

だいぶ前に石油が輸入できず、オイルショックが発生したことがあった。トイレットペーパーをはじめ洗剤までスーパーに買い占めに走り、新入社員は入社後に自宅待機となった。いわゆるテレワーク、在宅ワークの元祖である。最近は温暖化対策から石油は嫌われているが、世の中にはなくてはならない重要なものだ。当時の新入社員は定年過ぎて立派なシニアとなったが、あちこち関節が古くなって油切れ状態で動きが悪く痛むようになっている。まさしく、再度の「老いるショック」が到来したが、この「老いる」交換はできない。

しかし医療の進歩で、高機能の人工関節ができ、将来は再生医療で軟骨や関節が再生できそうだ。

## 皺は湧いてくるのか

# 脳のしわ　減って増えだす　顔のしわ

脳の皺とは脳表面にある大脳皮質の凹凸（脳回）のことであるが、イルカや大型類人猿など大きな脳をもつ哺乳動物の皮質には皺があるらしい。ヒトの皮質を広げると１６００〜２０００㎠もあり、頭蓋骨の内側の表面積の約三倍とも言われている。また脳の重さは男性の方が女性より１００ｇくらい重いそうだ。高等動物は脳が重い、大きいという考え方もあるようだが、この男女差を見ると誤った学説となる。脳の皺も多い方が良いとも言われているが、見えないのであまり当てにならない。

歳をとって脳の使用頻度が落ちると皺が減り、それが顔に滲み出してくるという新たな見方があるらしい。特に髪が薄くなると、皺の浸み出しも加速するようだ。大事な皺なので隠したり無理にとる必要はない。

ノーと言えないお人好し

# 脳トレは ノーと言い切る トレーニング

若い頃は気が弱くてなかなか「ノー」と言えず、仕方なく妥協したり従ったりした人もいただろう。歳をとるとだんだんと度胸がついて「ノー」と言えるが、そのためのトレーニングである。脳が筋肉質の人の場合は「筋トレ」でも構わない。

海外ではイエスかノーか二進法ではっきりしているらしい。ノーを二回言うと否定の否定で肯定になるが、ノーを何回言ったかよく数えておかないと分からなくなる。

日本でははっきり「ノー」と言うと嫌われるので、「検討します」「相談します」「保留します」「どちらとも言えます」……等々、玉虫色の表現がいろいろある。しかし、最近の気の強い玉虫は「カラー」でなく「白か黒」の模様である。

ロコモかド〇モか

# 歩かない　足が上がって　上がらない

ロコモは「ロコモティブシンドローム」の略であるが、英語で「移動」を表す「ロコモーション」、移動する能力があることを表す「ロコモティブ」からつくった言葉らしい。スマホ依存で歩かないと、「ド〇モ症候群」とも呼ぶとか呼ばないとか。

「足が上がる」とは「失敗して頼りとするものを失う」意味のようだが、高齢で足を使わないと「足が上がる」どころか、もはや足も上がらない。そうならないようにウォーキングや徘徊が効果的で大切だ。

他に上がらないものは、サラリーマンは上司に「頭が上がらない」、定年になると妻に「頭が上がらない」、さらに四十肩になると「手が上がらない」、こうなると人生もだんだんと「上がり」が近くなる。

脈がある、脈がないとは

# 人脈も　途切れ途切れて　不整脈

「脈がある」とは、医学用語では、生きている、まだ大丈夫だとか、命に係わる用語である。一方で「見込みがある」「希望がある」といった意味にも使われる。

人脈はビジネスに必要不可欠で、若い時は人脈づくり、ネットワークづくりに努める。退職後はビジネスの人脈は使い道がなく、昔話や世間話に使うと現役に嫌われる。退職後は趣味や遊びに新たな人脈を作るか、無駄なつながりをなくしてストレスなしの孤独を楽しむ人生もある。

よく「今年で年賀状は終わりにします」という仕事関係の人から賀状が来る。それでも、かすかな希望をもってしつこく出す人もいる。

歳をとると人脈は減るのが普通で、代わりに不整脈や頻脈が増えることもある。脈があるうちは生きている証拠で、深刻でなければ気にしないことだ。

再起は可能か……

# 七転び　起き上がれずに　八転び

ことわざに「七転び八起き」というのがあるが、「しちてんはっき」とも発音するようだ。これは何度失敗しても諦めず、立ち上がって努力することを意味し、人生では浮き沈みの激しいことのたとえとしても用いられる。七回というのは特別な意味ではなく、七回もという数の多さを示しているそうだ。

人は誰でも長い人生で浮き沈みや紆余曲折を重ねて苦労して生きていくが、歳をとるとなかなか挽回ややり直しが難しくなる。若いうちは転んでも怪我をせず、すぐに起き上がれるが、歳をとると何回も転んでしまうことになる。まずは足腰を鍛えよう、そうすれば何回転んでも「ただでは起きない」逞しい高齢者になれる。

髪頼みも限界に……

## 白髪染め　髪が無くなり　地肌染め

歳をとって白髪が増えると白髪染めを始めたくなるらしい。確かに黒く染めると一時的に若く見えることもあるようだ。最近は黒よりも茶髪やカラフルに染める高齢者もいて、後ろから見ると年齢不詳になる。

よく大きな心労があると一晩で髪が真っ白になることがある。これを悪用してわざと白く染めて、如何にも仕事で苦労している、クレーム対策を頑張っている、と、ボーナス前に見せかける手もある。

尤もだんだんと髪が減っていくと白髪染めも苦労する。あちこち地肌が出てくると、髪と地肌の両方を染めるのが難しく手間もかかる。いっそ髪がなくなってしまうと、地肌のみを染めればよいので簡単で安上がりである。この場合、どんな髪形でも作るのは自由にできる。

残り物に福があるか……

# 残り髪　枯れ木も山の　賑わいか

髪は多いと洗髪が大変、床屋の費用もかかるが、髪が少なくなると両方とも楽になる。髪が減るとカットや洗髪も簡単、整髪料も減るが、床屋は決して値引きしてくれない。全く髪がなくとも、何故か洗髪（洗頭か）し、整髪料も使用する。

髪が減って「絶滅危惧種」に指定されると、その保存や繁殖に苦心する。

しかし、これからは再生医療で毛根から再生することができるようになるそうだ。そうなると、髪の色を選んだり、髪の質を選んだりできるようになる。定期的に好みの毛根を植え直せばファッションにもなる。歳をとっても「枯れ木も山の賑わい」と言われて当てにされ、さらに再生して新たな能力を芽吹くようにしたいものだ。

口は達者になるが……

# 二枚舌　呂律回らず　舌を噛む

　高齢になると体力は低下するが、長年の経験から口は進化して達者になる。口先だけで仕事ができる、人を動かせる、生活ができるようになる。尤も注意しないと「口は禍の元」で、しかも今の世、飛沫も飛ばしていろいろなトラブルの原因となる。さらに歳をとって進化すると、「目は口ほどにものを言う」ようになり、口と目と両方で話せるようになる。

　類語に「舌は禍の根」というのがあるようだ。口が発達すると、根から新たに舌が生えてきて二枚舌になるようだ。若いうちは「上の舌は肯定」「下の舌は否定」とかうまく使い分ける。しかし歳をとると、舌の筋肉が衰え、呂律が回らなくなり、舌を噛んだり絡まったりするので注意が必要だ。特に二枚目は二枚舌が多いので気を付けよう。

耳は近いか、遠いか……

# 悪口は 補聴器使い 聞き分ける

人間の耳は20Hz程度から、上は15000Hzから20000Hz程度までの鼓膜振動を音として感じることができ、この周波数帯域を可聴域というそうだ。高齢になると高周波数の方が聞こえにくくなるらしい。したがって、高齢者に悪口を言う場合は甲高い声が良さそうだ。

歳をとると補聴器という便利な道具があるが、この「補聴器」「入歯」「老眼鏡」を高齢者の三種の神器と呼ぶ。最近は人工関節も進化しているが、再生医療が進むと、もっと高齢化をサポートしてくれるようになる。補聴器も高感度から通常のものまで、相手によって使い分けることになる。さらに耳をモーターで動かすと、左右、上下、遠近といろいろな悪口を拾ったり遮ったりできるようになる。

したがって、高齢者の前ではなるべく小声で話すことも必要になってくる。

筋トレばかりでは……

# 脳トレで 前途洋々 前頭葉

前頭葉とは大脳の前部分に位置し、人間の運動、言語、感情を司どる器官である。これが衰えると、もの忘れが増えたり、考えることができなくなったり、感情的になったりする。脳トレで前頭葉を鍛えると、若返って「前途洋々」となり、意欲も湧く。

脳を鍛えるために大切な要素は運動する、社交性を持つ、知的活動をする、バランスのよい食生活をする。それらが良いと言われている。最近はいろいろな脳トレの道具、ロボット、プログラム等も開発されている。

また、脳には右脳と左脳があるが、それぞれの特性や機能も異なっており、バランスよく鍛えて使う必要もある。これができないと、「右脳左脳」でなく、「右往左往」となる。

過分なお世辞は……

# 歯が浮いて　気分浮かれて　腰も浮く

　歯の根の部分と骨（歯槽骨）をつなぎとめる役割をする歯根膜という組織があり、この歯根膜の毛細血管がうっ血して腫れ、炎症を起こし、ひどい場合を歯槽膿漏と言うようだ。このようになると「歯が浮く」感じにもなる。

　この「歯が浮く」とは、「軽薄な言動に接して、不快な気持ちになる」という意味もあるようで、見え透いたお世辞や過剰な誉め言葉でも「歯が浮くような」という言い方もされる。

　顧客や官庁の接待では、よく「歯の浮くような」お世辞を言う。これも度が過ぎると歯が浮いて歯槽膿漏が再発するが、歯が落ちた場合は合併症として「目から鱗が落ちる」ことで賢くなることもある。この歯槽膿漏は万病の元でもあるが、考えすぎると「思想膿漏」、慌てると「粗相膿漏」になるので注意しよう。

開いた口が塞がるか

## 総入れ歯　入れ間違えて　顎外す

歳とると歯がなくなり、上下とも総入れ歯になる。注意力が散漫になると、総入れ歯の上下を間違えることも多い。さらに顎の関節は浅いので外れやすく、上下を反対に無理に入れると顎が外れて、「開いた口が塞がらない」状況になる。また、手前側と奥側を間違えると、奥歯が前に来て喋ると「奥歯にものが挟まった」ような歯切れの悪い話になる。さらに入歯を置き忘れるのはよくあるが、うっかり別の人に使われることもあるので要注意だ。

入歯なのに虫歯になったと錯覚して歯医者へ行くと、迂闊な歯医者によって削られたり抜かれたりするので気を付けよう。

入歯には虫よけを

# 虫がつき　入歯も虫歯　歯医者行く

入歯を外して置いておく時は、虫歯にならないように虫除けも必要になる。万一、虫に食われると入歯でも虫歯になることがあるので気を付けよう。この場合、入歯を歯医者へ持っていくか、送ってリモート治療をしてもらうが、神経がないので痛み止めは必要ない。

だんだんと医学や技術が進化すると、自然に近い素材で入歯が作れるようになる。こうなると、入歯も虫歯になりやすいので、甘いものを食べすぎてはいけない。さらに再生医療が進歩すると、永久歯がサメのように何回も生えてくるようになる。こうなると歯は残すものではなく、どんどん抜くものとなる。

目の黒いうちは……

# 黒い眼も　白内障で　白濁す

よく「私の目の黒いうちは……」と言って、許さない、引退しない頑固者の高齢者もいる。これは目が黒いうち、「白目になっていない状態」、即ち「生きているうち」という意味らしい。日本人の目玉は白黒で、このカラーの時代に遅れている。

しかし、だんだんと白内障や緑内障になって、黒目も白や緑になることも考えられる。

そもそも青い目、緑の目、赤目や灰色の目の外国人の場合には何と言うのだろうか？「私の目の青いうちは……」とか言うのか、それともあっさり引退するのか。

黒目が白くなったり緑になったら、進退を考える信号かもしれない（充血したら赤信号である）。だんだんと白目になる間に交代していくか、後進に譲ることで、成熟した高齢者になることも必要だ。

あまり頑張っていると「白眼視」されることにもなる。

お酒はクスリか

# 休肝日　忘れて飲んで　また忘れ

酒飲みは何かにつけて屁理屈をこねて酒を飲もうと考えている。酒は「百薬の長」とか言って薬扱いすることもあるが、適量のお酒はストレス解消で長生きに貢献するようだ。

百歳以上の高齢者に健康の秘訣を聞いたら、「毎日規則正しく飲むこと」と言っていた。何事も規則正しく、継続が大事ということらしい。

こうなると休肝日を設けることは不規則な生活になり、むしろ健康に悪いのかもしれない。夜の十二時まで我慢してから飲めば翌日のカウントになり、休肝日は簡単に作れる。尤も、飲んだことを忘れるようになると、毎日が休肝日となって規則正しく健康になる。

「酒を飲んでも良いか」という質問を迂闊に医者に聞いてはいけない。間違ってお酒を飲まない医者に聞くと、必ず「飲まないように」、良くて「控えるように」と言われる。

魔法か、阿呆か

# 飲むだけで 痛い痛いが 飛んでいく

世の中、健康食品やサプリメントが花盛りである。健康食品の表示は規則があり、医療効果はだめ、成分を表示するとかいろいろと決まっている。また、健康の保持増進効果を表示する場合、事実と相違するもの、著しく人を誤認させるものは禁止されている。

しかし、テレビやネットの広告を見ると「一分で痩せる」「一回で治る」というようなキャッチフレーズが多いが、「嘘のような本当ではない話」も多いようである。効果なしはまだよいが、副作用や健康に害があるのも時々問題となっている。しかし一部の健康食品は「精神安定剤」と思って飲むと意外と効果があるものだ。

注意書きを見ると、老眼では判別できないような小さな字で、「個人の感想です」

とか、いろいろな言い訳が記載されている。

尤も、一番効果のあるものは、「一粒飲むとすっかり楽になる」という猛毒品であろう。

薬もサプリも……

# 飲み過ぎは　飲み忘れより　不健康

医者へ行くと気を遣ってか、ビジネスのためか、薬を沢山くれる。特に高齢者はあちこち病院へ行くので、山のように薬をもらうと飲むのが大変である。きちんと飲むようにお薬カレンダーのようなものもあるが、どうしても飲み忘れる。薬は肝臓にとって毒物とも言われ、薬によっては飲み忘れるより「飲みすぎ」の方がリスクになるようだ。

しかし、薬をもらい忘れる、飲み忘れる、何の薬か忘れることも増えてくる。医者に言うと、頭のしっかりする薬、記憶をサポートする薬とか益々増えてくる。しかし、残念ながら頭痛薬はあるが、世の中には「バカに効く」薬もないし、「馬鹿につける」薬もない、ということになる。

# 最後に

総務省の資料に示された「高齢者の人口と今後の推移」では、以下のように二〇四〇年に向けて高齢者人口の割合が増加していく。このグラフが実現できるよう、長生きしないと「実力不足の高齢者」と言われてしまう。

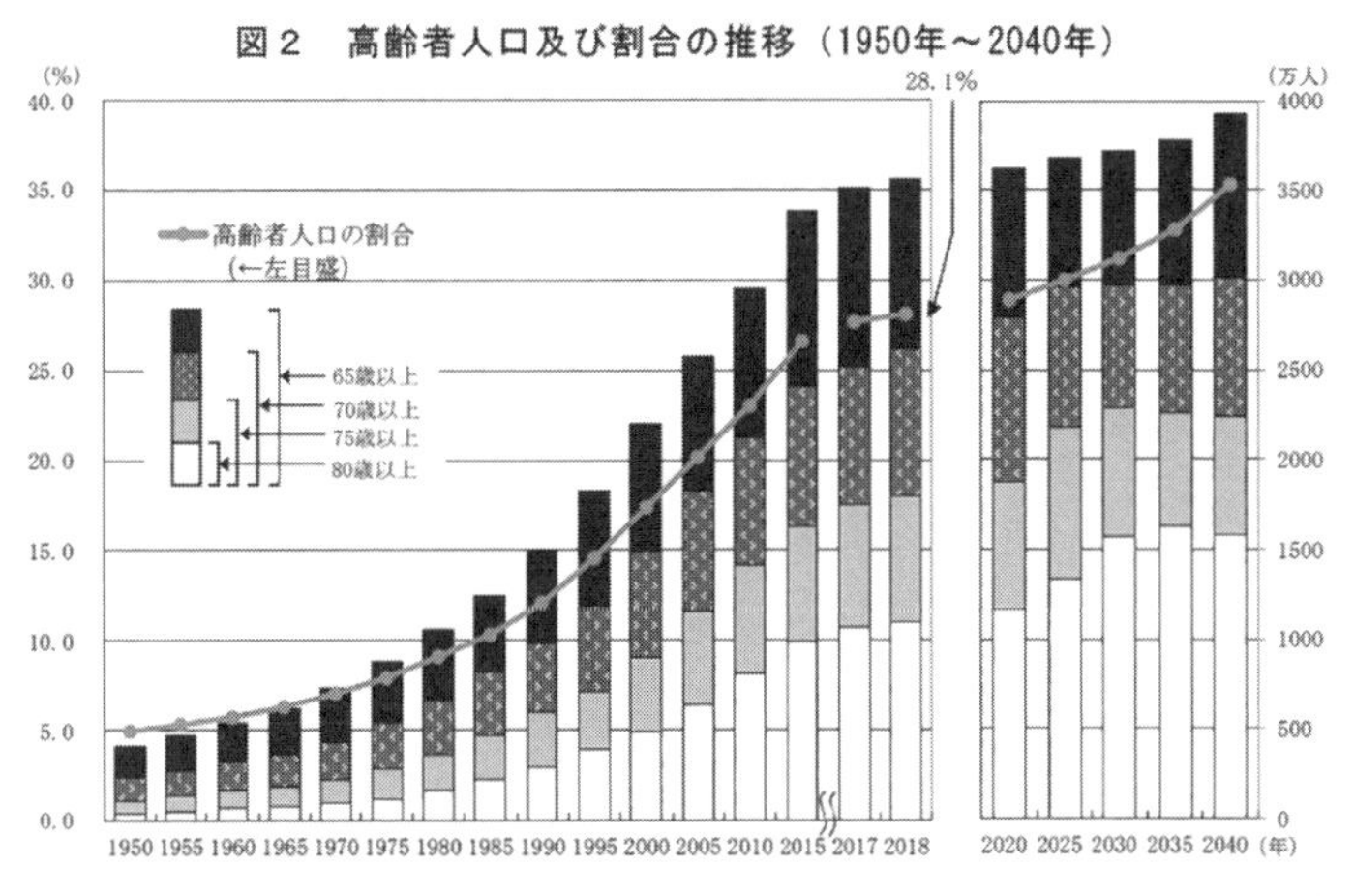


（総務省統計局）

# 可能かな　もう不可能か　再生は

地球温暖化対策で、再生可能エネルギーに転換していこうという大きな流れがある。再生の意味は「絶えず資源が補充されて枯渇することのないエネルギー」ということらしい。人間から考えると「再び生きる」とか「枯渇しない」とか羨ましい。

歳とるとどうしても体力や気力は少しずつ低下するのは正常でやむを得ない。いつまでも元気な人は、再生可能エネルギーを持っているのか。石炭火力は「咳痰」、石油火力は「老いる」というイメージで良くない。シニアも再生可能エネルギーに満ちるよう、気合を入れて頑張ろう。

将来は再生医療が進歩して、人も再生可能となるのかもしれない。そうなると、髪の毛が再生してふさふさ、歯が生え替わり入歯不要、目玉を入れ替えて老眼鏡不要、舌は二枚でも三枚でも自由、軟骨は再生して関節痛は撲滅、心臓に毛根埋め込み強心臓、肝臓は追加して日本酒用と洋酒用と分担、胃も追加して和食用と洋食用と分担、海馬も二匹になって記憶力も倍増、と一気に若返る。

しかし高齢者があまり元気になると、一人の高齢者が二人の若者を支えるような社会構成になってしまう。六十五歳以下は「若輩者」から「弱輩者」となって「若年年金」で生活するか、あるいはベーシックインカム制度に頼ることになる。

そして、２０ＸＸ年に高齢者という概念がなくなり、定年や年金制度の廃止、高齢者施設は廃止、仕事は生涯現役、スポーツ選手も引退がなくなっていく。高度の義足や義手が発達すると、パラリンピックの記録がオリンピックの記録を超える日がやってくる。

さらに整形美容が発達すると、好きな年代に容姿を変えられる。皺をなくすか、適当に入れるかは自由。爺婆も子供も孫も同じ年に見えるので、誰が誰だか分からない。これで振込詐欺も絶滅するし、年齢詐称もなくなっていく。

とにかく少子高齢化の日本では、シニアが頑張って支えていくしかない。人生

１００年と先はまだまだ長い、やることはいっぱいあって忙しい、この世では老後のことを考えて悩んでいる暇はない。頭は「脳トレ」、体は「筋トレ」、財産は「金トレ」で鍛えよう。そして百一歳になったら本当の終の棲家に入居して、新たな人生を歩んでいこう。

## 著者プロフィール

**鬼古島 剣太郎**（おにこじま けんたろう）
出身：横浜生まれ　東京育ち
生年：1950年代（昭和生まれ）
職歴：元真面目なエンジニア、現在コンサルタント
遍歴：サラリーマン川柳を卒業、時事川柳、シニア川柳へ転向

**痛感！　シニア川柳100選**　シニアを取り巻く世相の爺爺解説

2021年7月15日　初版第1刷発行

著　者　鬼古島 剣太郎
発行者　瓜谷 綱延
発行所　株式会社文芸社
〒160-0022　東京都新宿区新宿1－10－1
電話　03-5369-3060（代表）
03-5369-2299（販売）

印刷所　株式会社フクイン


ISBN978-4-286-22722-1